おもみいたします

凍《いて》空《そら》と日だまりと

あさのあつこ

徳間書店

おもみいたします　凍空《いてぞら》と日《ひ》だまりと

目次

装画　山月まり
装幀　アルビレオ

一　冬の音

裸足《はだし》の足裏が冷たい。

氷の上を歩いているみたいだ。

歩いているのは廊下で、氷ではない。よく磨《みが》き込まれ、塵《ちり》一つ落ちていない廊下だ。見えないけれど、わかる。

掃除が行き届いているのも、今日が〝小春日和《こはるびより》〟と呼ばれる暖かな初冬の一日であることも、屋敷の人々が息を殺し、身を竦《すく》ませて控えていることもわかる。

異様な気配だった。静か、というより静まり返っているのに、妙なざわめきを感じる。無数の小さな虫が足元から這《は》い上がってくるような、凍《こご》えた指でゆっくり首を絞《し》められるような、何とも言えない心持ちがする。

これは、なに？

この張り詰め、凍えるような感じはなんなの？

「どうされました」

老いた女の声が問うてくる。それで、お梅《うめ》は自分の足が止まっていると気が付いた。

「あ、いえ……申し訳ありません」

声に向かって頭を下げる。声の主が微《かす》かに息を吸いこみ、吐き出した。声には潤《うるお》いがなく、艶《つや》もなく黄ばんだ古紙を思わせる。ただ、上がり框《かまち》に足を掛けたとき、そっと支えてくれた指はしっかりと張りがありながら、柔らかかった。まだ若い証《あかし》だ。

声だけだと五十にも、六十にも思えるけれど、そんな齢《よわい》ではないのかもしれない。衣に焚《た》き染めた香《こう》が微かに匂った。


お梅は目が見えない。五歳のとき眼力を失った。だからといって闇に塗りこめられて生きているわけではない。確かに物を見ることは叶《かな》わなくなった。人も風景も目で確かめることはできない。せいぜい、光の濃淡がわかる程度だ。それでも、香りが花の蕾《つぼみ》の綻《ほころ》びを、夏草の熱《いきれ》を、季節の移ろいを、魚の活《い》きの良さを教えてくれる。耳は耳で、人の心身の具合や機嫌の良し悪しを伝えてくれるし、全身で、降り注ぐ陽光の温《ぬく》もりや風の冷たさを知ることができる。数えきれないほど多くのことをお梅は察せられるのだ。それは、もしかしたら晴眼《せいがん》の者より余程多いかもしれない。お梅は、自分のいる世界が閉ざされているとも、淋《さび》しいとも、怖いとも感じたことはない。むろん、己の運命《さだめ》を嘆《なげ》いたことなどない。だから、盲《めし》いた娘を憐《あわ》れみ、励ます言葉に出会うたび妙な落ち着かなさを覚えてしまうのだ。

「かわいそうにねえ。こんなに若いのに」

「いろいろと不便だろう。目が見えないってのはよ」

「たいへんな苦労をしていますね。でも、負けずに生きるのですよ。この世は辛《つら》いことばかりではないですからね」

かわいそうに。不憫《ふびん》だ。気の毒に。がんばんな。泣かずに生きるんだよ……。

「そんなことはありませんよ。見えないからわからないことも沢山ありますが、わかることも沢山あるんです」と答えても、世間の大半の人々は強がりと受け取ってしまう。あるいはお梅の言った意味がわからず戸惑う。何度も何度も、そういう扱いをされてきた。そのせいなのか、いつの間にか落胆も微かな怒りも覚えなくなっている。

このごろは、曖昧《あいまい》に笑んでやり過ごす術《すべ》を学んだ。曖昧に笑うとどういう表情になるのか、淋しげなのか、諦念《ていねん》を漂わせているのか、案外柔らかであるのか、お梅には知りようがない。しかし、お梅を憐れんだ人々は笑みを向けると、概して、黙り込んでしまう。そそくさと立ち去る者も多い。だからやり過ごすには優《すぐ》れた術なのだと思う。ただ、やり過ごした後、たまにだが、ため息が漏《も》れてしまったりする。本当にたまにだが。

「そんなため息を吐《つ》かねばならないほど辛いなら、一々本気で相手にせずともよいではないか。聞こえぬ振りをして、さっさとその者から離れてしまえばすむだろうに」

十丸《とおまる》は事も無げに、言う。

「うん。それはそうなんだけど……」

十丸の言う通りだ。受け流し、聞き捨てておけばいい。

どう言葉を尽《つ》くしても、自分が手にしている豊かさを合点してもらえる気がしないのだから。合点してもらえるだけの言葉を、お梅はまだ、持っていないのかもしれない。だとしたら曖昧に笑うより、さっさと背を向け立ち去るのが利口というものだ。わかっているのに、どうしてか、それができない。

「じゃあ、おまえは世間の者たちことごとくに己をわかってもらいたいわけか」

「そんなんじゃないわ」

「じゃあ、どうなんだ。何でそんなにむきになって、わかってもらおうとする？」

「むきになんかなってない。けど、ちょっとだけ嫌なのよ」

「嫌？　憐れまれるのがか」

「勝手に決めつけられるのが嫌なの。わたしのこと何にも知らない人に、おまえはこうだって勝手に決めつけられてしまうと、とっても窮屈《きゅうくつ》で息苦しくなるの。何て言うのか、小さな箱の中に無理やり押し込められたみたいな感じで……」

「何だそれは？　窮屈で息苦しいなら端《はな》から相手にしなければいいだけではないか。知らないなら知らないままで放っておけ。先々、深い関わりを持つわけではなかろう」

「ええ、確かに……」

お梅は口ごもる。

「ははん、嫌なのは決めつけられることではなく、いいかげんに誤魔化してしまう自分なのではないか。自分を姑息《こそく》で卑怯《ひきょう》だと感じてしまうのだろう。おまえは、えてして、そういう嫌いがある。己に厳しいのもいいが、ときに甘くもなければそれこそ息が詰まるぞ」

十丸の助言は正鵠《せいこく》を得ているようにも、的外《まとはず》れにも感じる。実のところ、お梅には心内に芽吹く情の全てを摑《つか》み切れていないのだ。

わたしの持っている豊かさを軽んじないで欲しい。

本気でそう思うのに、わたしはいつもいいかげんに誤魔化してしまう。

だったら、どうすれば、どう言えば伝わるの。

様々な想いが渦巻《うずま》いて、纏《まと》まらない。

「いいではないか。おまえのことを解している者がいないわけじゃない。数は少なくとも、いることはいるのだ。それで良しとしろ」

十丸は、お筆《ふで》とお昌《まさ》の話をしている。紅葉屋《もみじや》という水茶屋を開いているお筆と孫のお昌は二人して、お梅の揉《も》み屋商《あきな》いを支えていた。仕事の取次と段取りを担ってくれているのだ。お筆もお昌もお梅の揉みの技《わざ》も含めて、お梅自身を認めている。だから、憐れんだり、励ましたりしない。住いの掃除の行き届き方とか料理の味付けを褒《ほ》めてはくれるが。

みんながみんな、二人のようにはいかない。

盲いた娘に憐憫《れんびん》を覚える。それが世間なのだ。排《はい》されたり、いたぶられたりするよりずっとマシだろう。自分に言い聞かす。それでも、時折、気持ちが揺らぐ。

この前も道を歩いていて、蠟《ろう》を扱う商家のお内儀《かみ》だろう人から声を掛けられた。

「若い身空で、おかわいそうに。でも、浮世の運命《さだめ》と諦《あきら》めて強く生きるのよ」

その人はお梅の手に、小さな包みを握《にぎ》らせると言い返す間も与えず、去って行った。

「あ、えっ、ちょっと待ってください」

お梅の呼び止める声が聞こえなかったのか、聞こえても知らぬ振りをしたのか、足早に遠ざかってしまったのだ。

包みの中身が一朱金であると指先だけで察せられるのも、有るか無きかの蠟の香りを嗅《か》げるのも、お梅の力だ。杖《つえ》と十丸の引き綱に助けられてだけれど、道を歩くこともできる。途中、店によって買い物もできる。それも力だ。お内儀は憐れみの心はもっているかもしれないが、お梅の力を悟る能はなかった。そこが口惜《くちお》しいようにも、うんざりするようにも、少しばかりおかしいようにも感じてしまう。

隣にいた十丸が珍しく、くすりと笑った。

「一朱、儲《もう》けたな、お梅」

「これ施《ほどこ》しのつもりかしら。それなら……」

「いらないと言うつもりか。施しを拒んでいては御菰《おこも》に申し訳なかろう」

「いらないなんて言いません。一朱は一朱だもの。粗末にはできないわ。そうだなあ……今日は鴨肉《かもにく》を買って鴨飯でも作ろうか。たくさん炊いて、お筆さんとお昌ちゃんにも持っていこうかな。それこそ、御菰さんたちにもお裾分けしましょう」

「鴨飯！」

十丸が息を吸いこむ。鴨肉は好物なのだ。特に、お梅の作った鴨飯は大の気に入りで、一時に五合ぐらいは軽く平らげる。

「そうか、今夜は鴨飯か。いいな。では、こんなところで愚図愚図《ぐずぐず》していないで、さっさと飛禽屋《ひきんや》に行こうではないか」

十丸は立ち上がり歩き出す。握った引き綱が引っ張られる。

十丸は人ではない。人ならざるものだ。人でなければ何なのだと問われたことはないけれど、問われてもお梅には答えられない。

妖《あやか》し、妖怪《ようかい》、魔の者、あるいは神。どうとでも呼べるけれど、どれでもない。「人にどう呼ばれようと何程のこともない」と、十丸は言う。

「おれはおれだ。それより他の何者でもないではないか」

とも。それは「お梅はお梅だ。それより他の何者でもないではないか」と告げられたのに等しい。盲目であることも、盲目故に憐れまれることも、豊かであることも、光に左右されない世界を持っていることも、揉み師であることも全てひっくるめて、お梅なのだと。

そんな気はまるでないのかもしれないが、十丸は時々、こんなさり気ない励まし方をする。

「さぁさ、急ぐぞ。鴨肉はどれくらい買うつもりだ。一貫目（約三・七五キログラム）だと些《いささ》か多過ぎるかな」

「まあ、いったい何升の鴨飯を作らせるつもり？　二百匁《もんめ》（約七百五十グラム）で十分よ。百匁でもいいぐらい」

「馬鹿いえ。そんなもので足りるか。せっかく作るのだ。変にケチるな」

「まぁ、失礼ね。わたしはケチじゃありません。余計な買い物をしないだけよ。やりくり上手なんだわ。お米だって、魚や菜物だって、このところ値がずっと上がっていて大変なんだから……あっ、そういえば、お米がもう残り少なかったんだ」

「何だと。米がなければ飯が炊けぬではないか」

「そうだわ、そうだわ。まずはお米を買わなくちゃ。ほんと物入りで困ってしまう」

「どこぞの、おかみさんのような物言いだな。老《ふ》けるのはちと早いぞ、お梅」

「放っておいてちょうだい。暮らしの算段ができないようじゃ一人前とは言えないの」

十丸としゃべり合いながら、通りを行く。口も動かさず、声も出さず、周りの誰にも聞き取れない掛け合いだ。

「わぁ、でっかい犬だ」

近くで子どもの昂《たかぶ》った声がした。見詰めてくる眼差《まなざ》しを感じ取れる。

「すごい。真っ白ででっかい犬だよ。おっかぁ」

「ほんと、すごいねえ。とってもお利口そうだねえ」

「あのお姉ちゃんの犬？　どうして杖なんかついてるの」

「しっ、いらぬことを言うんじゃないよ。おしゃべりはもういいから、行くよ」

「おいら、あの犬に触りたい」

「だめだめ、噛《か》みつかれたらどうするの。さっ、お家に帰るよ。さっさとお歩き」

母と子のやりとりが耳に届いてきた。立ち止まって、「触ってもいいよ。とても大人しい犬なの。噛んだりしないから大丈夫」と伝えたかったが、十丸が嫌がると承知していたから、黙って通り過ぎた。十丸は子どもと触られることが何より苦手なのだ。子どもに触られるなんて二重苦でしかない。何も言わなかったけれど、お梅が母子に声掛けをしなかったことに心底安《あん》堵《ど》しているはずだ。

「でっかい犬だ、でっかい犬だ。真っ白だぁ」

まだ昂りの抜けない幼い声が遠ざかっていく。

十丸は晴眼の者には見えない。いや、本当の姿は見えないというべきだろう。いやいや、銀《ぎん》鼠色《ねずいろ》の垂髪《すいはつ》の少年が十丸の〝本当の姿〟だと言い切れはしない。お梅の前に現れるときは、いつもその姿だというだけだ。

晴眼の者には、白い大きな犬に見えるらしい。

出逢ったのは五歳のとき、お梅はまだ盲いてはいなかった。出逢った直後に光を失ったのだ。そのときから十二年が過ぎた。お梅はもう幼女ではない。揉み師として働き、己で己を養っている。養うことができている。一人の娘、一人前の大人になった。しかし、十丸は……。少しも変わっていない。十二年前から少しも。

銀鼠色の髪を一つに括《くく》り背中に垂らした姿のままだ。背も伸びず、肥《こ》えも痩せもしない。わたしが齢を経て、お婆さんになっても十丸は変わらぬままなのかしら。

たまに、ふと考える。

老女になり、さらに齢を重ね、いつか終わりを迎える。そのときも十丸は少年のまま、お梅の傍《かたわ》らにいるのだろうか。息を引き取る間際まで、いてくれるだろうか。

頭を振って、思案を追い払う。

未来《さき》のことなんか、誰にもわからない。お梅が案外早く亡くなるかもしれないし、百まで生きるかもしれないし、十丸がある日、不意にいなくなってしまうかもしれない。

〝かもしれない〟でしかないあれこれを考えあぐねても、仕方ない。

揉み師として生きていく。その心構えだけは確かだ。確かなものを頼りとして今日を生きて、明日を迎える。それで十分だ。十分過ぎて、お釣りがくる一生ではないか。

この手で、この指で人の身体《からだ》を揉み解《ほぐ》す。

凝《こ》り固まった腰、張り詰めた背中、縮まったままの肩、強張《こわば》っている頬《ほお》や首……。人の身体は全て繋《つな》がっている。身体と心も密に繋がっている。腰が重いと訴える者は首も頭も石のように硬くなっているし、頭風《ずふう》の辛さに泣く者は肩が怖いほど固まっている。足裏をほぐせば全身が緩《ゆる》むし、大きく息を吸い吐き出すだけで気持ちが楽になる。抱え込み、外に出せない想いは人の肉を凝り固め、張り詰めさせ、縮こまらせてしまう。

これまで百人、二百人、いやもっと多くの身体を揉んできた。

一つとして同じものはなかった。男だから女だから、若いから老いているから、分限者だから貧しいから、そんなもので区切れない。一人一人が違う身体と凝りを持っている。凝りの理由、因を持っている。

そこに驚く。狼狽《うろた》える。惹《ひ》かれる。とても惹かれる。

人の身体とは何と奇妙な、不思議なものだろう。どうしてここまで様々な凝り方をしているのだろう。まるで、これまで生きてきた証そのものではないか。

新しい客に向き合い、その身体に触れる度にお梅は、そう感じてしまうのだ。

「では、よろしいですか。参りますよ」

仄《ほの》かな香の香りが揺れた。

「手を引かなくて構いませんか」

「あ、はい。大丈夫です。十丸が……犬がおりますので」

「……この犬は十丸という名なのですか」

老いた声が問うてきた。ただ、しわがれて聞こえる声音《こわね》の底に微かな艶《つや》が潜《ひそ》んでいる。

ああ、やはりこの方はまだ、お若いのだわ。

とすれば、声は老いているのではなく、ひどく疲れているのか。あるいは、病んでいるのか。それとも、生きる気力を失おうとしているのか。

「はい。十に丸と書いてとおまるです」

「そうですか。良い名です」

息の漏れる音がした。お梅の耳だから捉《とら》えられた音だろう。僅《わず》かに笑ったのか、吐息《といき》を漏らしたのか、そこまでは摑めない。

「あの……ご無礼を承知でお尋ねいたします。どうかお許しください」

女の気が尖《とが》った。心が身構えたのだ。

「こちらはお武家さまのお屋敷でございますね」

須臾《しゅゆ》の沈黙の後、女は「そうですよ」と答えた。努めて平静な物言いをしようとしている。波立っている心内を無理やり抑え込み、何事もないように振る舞う。気持ちと仕草、心と身体が反しているのだ。その軋《きし》みが伝わってきた。

「どなたさまのお屋敷なのでしょうか。わたしがお身体を揉む方は、どのようなお方なのです。こちらのご当主さまでいらっしゃるのですか。それとも」

「お黙りなさい」

女がぴしゃりと遮《さえぎ》ってくる。情が動いたせいで、女の声音はさらに若返り、艶を放った。

「そなたは揉み師なのでしょう。それなら、揉み療治を施せばよろしい。一々、こちらの事情に探りを入れずとも施術はできるでしょう」

「揉み療治のために、お尋ねしております」

お梅も言い返す。ここで退《ひ》くわけにはいかない。

「お言葉を返すようですが、わたしにも揉み師としての決め事があります。それを守ってもらえないなら、施術などできません。お断りして、このまま帰らせていただきます」

女が怯《ひる》んだ。顔にも仕草にも出していないだろうが、気配は誤魔化せない。

「そなた、町人の分際で無礼であろう。身の程を弁《わきま》えよ」

物言いが一変し、猛々《たけだけ》しくなる。怯えた分を取り返そうとするかのように、尖ってくる。そこには、お梅を見下し従わせようとする尊大さも含まれていた。

十丸が横目で見てくる。鼻先に皺《しわ》が寄っていた。

――ほらみろ。言わんこっちゃない。だから止《や》めておけと忠告したのだ。

わざとらしく、ため息まで吐く。お梅は唇を噛み締めた。

そうだ、来るべきではなかった。武家と関わり合ってもろくなことにならない。よくよくわかっていた。わかっていたけれど……。

武士は町人や百姓の上に立つ。身分が違うのだ。表向きはそうなっている。しかし、表向きの面模《めんも》を剝ぎ取《は》れば、世を動かしているのは武士だけではなく、むしろ町人たちの力、刀より金の力だと明らかになる。今、大商人たちの助けがなければ、大名家でさえ家の存続は難い。そういう時代なのだ。時代は変わる。ときに緩やかに、ときに目まぐるしく変わり続ける。その変わりように、武家はついていけない。皆が皆ではないが、多くの者が身分を振りかざし、町人を従わせようとする。お梅のような娘なら、さらに見下しもする。

だから関わり合わない方がよかったのだ。余程、賢明だったのだ。

わかっていた。わかっている。なのに、引き受けてしまった。

痛いほど唇を噛み締め続ける。

十丸がまた、ため息を漏らした。

三日前。

厚い雲が広がっているのか、日差しがほとんど届いてこない日だった。そのうえ北からの風が吹き付け、身体の熱を奪ってしまう。冬のとば口というより、真冬の凍《い》てつきが江戸の町々を覆《おお》っていた。

昼八つ（午後二時頃）の鐘が鳴るころには、ひどく冷たい雨まで降り出した。

「夜には雪になるかもしれないわね」

火鉢に炭を足しながら、十丸に話し掛ける。壁にもたれ、十丸は「そこまでは冷え込むまい」と答えた。

「いいとこ、霙《みぞれ》ぐらいだ。今夜は冷え込むが明日になれば寒さも緩むだろうよ」

「あら、あんた、お天気がわかるの」

「人の世の天気など、どうでもいい。ただ、この時期の寒さは弱腰で、いつまでも居座るほど性根は強くないだろうが。もう一月《ひとつき》もすれば、相当の剛力に育つはずだがな」

「あはっ、おもしろい譬《たと》えね。弱腰の寒さだなんて」

「まあな。ところでどうだ、お梅」

「どうって？」

「冷え込む夜は鴨鍋などがいいのではないか。鴨雑炊も悪くないがな」

「この前、鴨飯を作ってあげたばかりでしょ。駄目よ、今夜は豆腐で」

火箸で炭を摘《つ》まみ上げたまま、お梅は手を止めた。口も止めた。近づいてくる足音に耳を澄ます。十丸も壁から背を離した。

「お筆だな」

「ええ、お筆さんね」

お筆は万年橋《まんねんばし》の橋袂《はしたもと》に水茶屋を出していた。紅葉屋というその見世《みせ》は、吹けば飛ぶような小さく、粗末な造りではあったが、周りのどの店にも負けないほど繁盛していた。お筆の作る豆大福目当ての客が引きも切らないのだ。まだ夜が明けきらない刻《とき》から起き出し、どっさりと拵《こしら》える豆大福は、大抵、昼過ぎには売り切れてしまう。そうすると、お筆は思い切りよく店を閉めてしまうのだ。そして、お梅の手伝いに回ってくれる。

「ごめんよ。お梅ちゃん、いるかい」

腰高障子《こしだかしょうじ》が横に滑《すべ》り、お筆と凍て風が一緒に入ってきた。

不意に胸が騒いだ。不穏なざわめきが耳底で蠢《うごめ》く。

え？　これは、なに？

「お筆さん、いらっしゃい。外は寒かったでしょう。上がって上がって。火鉢にあたってよ。今、熱いお茶を淹《い》れるから」

ざわめきを抑え込もうと、お梅は普段より大きく、明るい声を出した。十丸がそっと部屋の隅に移る。口元が心なしか歪《ゆが》んでいるようだ。おそらく、お梅と同じ不穏を感じ取ったのだろう。障子の閉まる音がして、風が止んだ。その代わり、戸を揺らす風音は強くなる。

「そうかい、すまないねえ。こう冷えると、温かいお茶が何よりのご馳走さ。お返しにってわけじゃないけど、これ、お客さんからの貰《もら》い物なんだよ。半分、お裾分けするからさ。ほら手を出して」

手の中に少しごわついた紙の包みが押し付けられる。古傘の紙の手触りだ。油の塗られた紙包みからは、ほんの微かな匂いが漏れていた。

「あら、これ鴨肉ね」

お梅の一言に十丸が顔を上げた。

「そうなんだよ。この前、重箱一杯、鴨飯をくれただろう。あれが美味《おい》しくてさ。うちでも作ってみようかと思っていたところに、これをいただいてね。本当は鴨飯を炊いて持ってきたかったんだけど、お梅ちゃんほどふっくらと美味しく拵えられる自信がなくてね。それで生を持ってきたよ。今夜は冷えるし、鴨鍋でもしたらどうだい」

「まあ、ほんとに。嬉しい。お鍋で温まるなんて、いいわよね。お筆さん、ありがとう」

「何言ってんだよ。鴨飯のお返しだよ。うん？　十丸、どうしたんだい？　おまえが近寄ってくるなんて珍しいね。たいていは、知らんぷりしてるくせに」

――今日だけは褒めてやる。えらいぞ、お筆。よく気が回ったな。

「あらま、鼻をすり寄せてくるのかい。ほんと、珍しいね」

「ふふ。十丸は鴨肉が好物なの。喜んでるのよ。お筆さんにお礼を言ってるんじゃない」

「そうかい、そうかい。じゃ今度はうちの豆大福を持ってくるよ。美味しいからね」

――そんなものはいらぬ。余計なことをするな。

「あらま、また隅に戻っちゃったよ。鴨肉はいいけど豆大福はお断りって、かい」

お筆が乾いた笑い声を立てる。十丸は、もう何も言わなかった。

「お筆さん。今日のご用は、わたしの仕事のことよね」

お筆の前にいつもより熱めの茶を差し出す。

「あ……うん、そうなんだよ」

お筆は揉み療治を望む客を、お梅に取り次ぐ役目をずっと担ってくれていた。孫娘のお昌は、仕事の段取りを一手に引き受けて差配してくれる。この二人のおかげで、お梅の仕事はさしたる障りもなく回っていた。お梅の揉み療治はなかなかに評判がよく、申し込んだとして早くても半年以上は待ってもらわねばならない。文句を言う者も、無理を通そうとする客もいる。それを五十前の祖母と八歳になる孫娘は、実に巧みにいなし、納得させてしまうのだ。おかげで、お梅は揉み療治だけに専念できた。

「そうなんだけどね……えっと、あのね……」

「どうしたの、お筆さんらしくないわよ」

いつものお筆ではない。歯切れが悪い。お梅は僅かに気を引き締めた。胸騒ぎが収まらない。ざわめきはまだ、消えていない。

「何かあったの」

茶をすすり、お筆がぼそりと呟《つぶや》いた。

「お武家さまなんだよ」

胸を押さえる。唾《つば》を呑《の》み込む。十丸が身動《みじろ》ぎした。

「お梅ちゃんに揉んでもらいたいって、お武家さまが来られたんだよ」

「そう……。あ、でも、お武家さまのお屋敷に呼ばれたこと、今までも何度かあるはずよ」

「ああ、あたしの記憶では三度ばかりあったね。ほら、もうかなり前になるけど、寝たきりになってしまった母上さまを死ぬまでにもう一度だけ、自分の足で歩かせてやりたい、何とかならないかなんてお旗本の相談もあったじゃないか。あれ、お梅ちゃん、何度も通って、揉み続けて、お亡くなりになるちょっと前に歩けるようにしてあげたんだよね」

「歩けるといっても、ほんの数歩だったけど」

「でも、母上さまは大層、お喜びになったんだろ。自分の足で歩けたって。あの後、お旗本、あたしたちにまで頭を下げてくれたんだよね。『かたじけない。おかげで、最後の親孝行ができた』って。あれは、いい話だったよ。お武家さまにはめったにないほど温かい話だった」

「今度は温かくないの」

お筆の眼差しが束の間、注がれる。目を伏せたのか、すぐに感じなくなった。

「お筆さん。ほんとにどうしたの。はっきり教えてよ」

「……お梅ちゃん、これ」

今度は上等の紙の包みが渡された。さして大きくない、しかし、重い包みだ。

「まあ、これ……小判包みね」

「十両あるよ。揉み療治に来てくれたら、あと十両、渡すってさ」

二十両。とんでもない大金だ。お梅は療治に刻を使う。人によっては半日以上傍《そば》にいて、揉み解すのも稀《まれ》ではない。だから、流しの按摩よりかなり高額な代金を請う。ただ、療治代が払えなくても、お梅が揉みたいと思えば、揉まねばならないと思えば無料《ただ》でも揉む。その分、払える所には払ってもらうことにしていた。しかし、二十両は法外だ。そんなにふっかけたことは、今まで一度もない。

「うん。いや、だからね、お代金の方は文句ないんだよ。あ、いや、まだ引き受けたわけじゃないよ。引き受けるかどうかは、お梅ちゃん次第だものね。引き受けなきゃ、この包みを返せばいいだけのことさ。二十両は惜しいけど、まあ、金は天下の回り物だからね」

「つまり、お筆さんは断ったほうがいいと思っているのね」

「いや、そうじゃなくて……ちょっと引っ掛かるような気がしてて……」

どこにどう引っ掛かるのか尋ねようとしたとき、十丸が立ち上がった。

――お梅。気を付けろ。

「うん？　どうしたんだい、十丸。急に唸《うな》り出して。猫でもいたのかい。あっ」

お筆が短く叫んだ。ほとんど同時に戸が開く。風がまた、冷気と共に入り込んでくる。

耳底のざわめきが激しくなる。

お梅は息を詰め、こぶしを握った。

二　薄闇の向こう側

「お武家さま、どうしてここに」

お筆《ふで》が引き攣《つ》った声を上げる。

「あ、まさか、あたしの跡を付けてきたんじゃなかろうね」

——まさかも鶏冠《とさか》もあるものか。そうに決まっている。

十丸《とおまる》がこんなときにも拘《かか》わらず冗談口を叩《たた》くものだから、お梅《うめ》は笑い出しそうになった。それだけ、気持ちにゆとりが戻っている。一瞬、身構えもしたが、その硬さはすぐに解けた。殺気《さっき》が感じられなかったからだ。張り詰めて尖《とが》ってはいるけれど、殺伐とはしていない。お梅たちを害する気はないようだ。ただ……ただ、なんだろう。

ひどく重い。そして、暗い。

一人、二人、気配は二つ。おそらく、どちらも男だ。二人の男は暗く、重く沈んだ気配を漂わせていた。疲れ切っているのか、憂《うれ》いを抱えているのか、身の内に病が芽生えているのか、揉《も》めば相当に手強《てごわ》い身体《からだ》だろう。

「跡を付けさせてもらったのだ。許せ」

太く張りのある声が耳朶《じだ》に触れた。

「卒爾《そつじ》ながら、そちらにおられるのが揉み師のお梅どのであろうか」

お梅は膝《ひざ》をつき、低頭した。

「はい、揉み師を生業《なりわい》としております、梅と申します」

顔を上げ、声の方に向ける。

「それがし、稲村千早《いなむらちはや》と申す。実は、折り入って」

「戸を閉めてくださいな」

「は?」

「入口の戸です。開けっ放しにされていては、せっかくの部屋の温《ぬく》もりが逃げてしまいます」

「あ、これは、ご無礼を致した」

戸が閉まり、風が止《や》む。雨の音も小さくなった。

「稲村さま、お話を伺《うかが》いましょう。立ったままでは何ですから、どうぞお上がりください。お連れの方も、ご一緒にどうぞ。お筆さん、悪いけど、手拭《てぬぐ》いがそこの簞笥《たんす》の抽斗《ひきだし》に入っているから、出してもらえる。一番下の抽斗の右奥よ」

稲村が息を吸い込んだ。それを吐き、小声で問うてくる。

「お梅どのは盲《めし》いていると聞いたが、実は見えているのか」

「いいえ、見えません。光の濃淡を感じるのがやっとです。今日のように雨が降って雲が厚いと、風景は、ぼんやりとした鼠色《ねずいろ》でしかありません」

「見えない……。それなら名乗ってもいない連れのことが、どうしてわかるのだ」

稲村の口調には、驚きと好奇が綯《な》い交《ま》ぜになっていた。考えの及ばないことを知りたいと望む、知らないことを知りたくて、うずうずする。そんな気が伝わってきた。束の間だが、稲村を覆《おお》っていた重みと暗みが拭い去られた。

「わかりますよ。どんな方でも、気配をまるで消してしまうのは至難ですもの」

「えっ、それではお梅どのは我らの気配を察し、無言であろうが不動であろうが察せられると言われるのか。まさか、相当な遣《つか》い手ではあるまいな」

稲村が勢い込んで尋ねてくる。事あるごとに「どうして、どうして」を繰り返し、大人を辟《へき》易《えき》させる子どもみたいだ。

おかしい。辟易はしないけれど、おかしい。込み上げてくる笑いを、お梅は辛うじて呑《の》み込んだ。武家の前で遠慮なく笑うわけにはいかない。

「わたしが持つのは杖《つえ》です。木刀《ぼくとう》や竹刀《しない》も含め、刀とはまるで縁がありませんよ」

雨に濡《ぬ》れた男の匂いが僅《わず》かに濃くなる。稲村が身を乗り出したのだ。

「しかしな、お梅どの」。その一言に、遠慮がちな声が被《かぶ》さる。やや掠《かす》れて、濁《にご》りもあった。かなりの齢《とし》の男のものだ。

「稲村さま。お役目を果たしませんと。あまり刻《とき》もございませんぞ」

やはり遠慮がちに諫《いさ》めている物言いから、身分の差がわかる。

「あ？　あ、そうだ。お梅どの、今日は願いの儀があり、まかりこした」

「ですから、お上がりになったらどうですかね。あらま、けっこう濡れておいでですよ。どうぞ、お拭きくださいな。はい、はい、はいどうぞ」

お筆が手拭いを押し付けている姿が見えるようだ。お筆は、相手が誰であってもやたら謙《へりくだ》ることはない。公方《くぼう》さまや天子さまならどうかわからないが、ただの武士ていどでは恐れも畏《かしこ》まりもしないのだ。稲村の方は腹を立てた風も、気分を害した様子もない。「かたじけない」と律儀に礼を述べている。

「いや、まったく手間をかける。されど、ここで十分。長引く話ではないので」

「と、申されますと」

稲村の視線を感じながら、お梅は心持ち顎《あご》を上げた。

「お梅どのに、我が主《あるじ》の身体を揉んでいただきたいのだ」

とたん、先刻感じた不穏、お筆を追いかけるように風と共に入ってきた不穏がよみがえる。十丸をちらりと見やったが、目を合わせてこなかった。膝を崩して座り込み、空の一点を凝視しているだけだ。そこに何があるのか、何もないのか、お梅には摑《つか》めない。

「はい。そのお話なら、お筆さんから伺っております。揉み療治をお望みなのですね」

「さようだ。できれば今日か明日、遅くとも明後日には、お頼みしたい」

「あらまっ」

お筆が頓狂《とんきょう》な声を上げた。

「お武家さま、それは無茶というものです。紅葉屋《もみじや》でも申し上げました通り、お梅ちゃんの仕事は一年先まで埋まっているんです。ええ無茶です。無茶の上に無理がのっかってますよ」

「……では、どれほど待てばよいのか」

「そうですね。段取りはうちの孫がしているんですが、その孫に確かめてみなくちゃなりませんけどね、どんなに早くとも半年は先になるんじゃないですか」

「半年！　そんなには待てぬ」

「いや、待てぬと仰《おっしゃ》られても、待ってもらわなきゃなりませんよ。ね、お梅ちゃん」

「そうですね。あまりに急すぎます」

「そうそう、急すぎますよ。待つのがお嫌ならしかたありません。諦めてくださいな。だいたい急に飛び込んできて、今日明日に頼むなんて筋が通らないじゃ」

「女！」

濁声《だみごえ》がお筆を遮《さえぎ》った。尖った気配が一つ、ぶつかってくる。

「町人の分際で無礼であろう。身の程を弁《わきま》えろ」

濁声の男は刀の柄《つか》に手をかけたのだろう。気配はさらに尖る。

十丸が起き上がった。片膝を立て、目を細める。

お梅以外の者には、白い大きな犬がいつでも飛び掛かれる姿勢を取ったと、そう見えたはずだ。気配の尖り具合が萎《しぼ》んでいく。どうやら、濁声の主は犬が苦手のようだ。

「青地《あおち》、止めろ」

稲村が男を制した。

「言われてみればもっともだ。非はこちらにある。しかし、お梅どのには何としても願いを聞き届けてもらわねば困るのだ。頼む、この通り」

「ままっ」

お筆がまた、調子外《はず》れな声を立てた。前のはわざとだろうが、今度は本当に慌てている。

「お、お武家さま。そんな土下座なんて止めてください。お顔を上げてくださいな」

「いや、お梅どのが願いを聞き届けてくれるまで、ここで頭を下げ続ける所存だ。青地、おまえも一緒にお頼みしろ」

「駄目ですったら。ほんとに止めてください。お梅ちゃん、どうしよう」

お筆が困り切った顔を向けていると、わかる。お梅は気息を整えた。

「理由は何ですか。そこまでして、わたしが揉まねばならない理由は何なのでしょうか」

問うてみる。

「それは、申せぬ。どうか、許されよ」

「許す許さないの前に、土下座を止めてください。ほら立って、立って」

お筆が無理やり、稲村を立たせようとしている。腕を掴んで、蕪《かぶ》を引き抜くように引っ張っている様子が伝わってきた。十丸は軽く肩を竦《すく》め、元の場所に戻った。

「そうです。どうか、お腰を上げてください。わたしは盲いております。稲村さまがどのような恰好《かっこう》をされても見えませんし」

「あ……そ、そうか。これは、かえって無礼をはたらいてしまったか」

「いいえ、無礼などではありません。ただ、揉み療治は医術とは別のものです。もちろん、重なるところも多々ありますが。凝った身体を解《ほぐ》し、気や血の滞《とどこお》りを和《やわ》らげることはできても、急病や怪我《けが》で命の危うい方を救うことは叶いません。稲村さまに、急がねばならないご事情がおありなら、揉み師にではなくお医者さまのところに行かれるべきかと存じますが」

「いや、それが、お梅どのでなければ駄目なのだ。医者では及ばぬようで……」

「お医者さまが及ばない？　それは、病や怪我とは関わりないということですか？」

「うむ。まぁ……その、凝りが酷《ひど》く腕が上がらぬご様子で……」

「わたしのお客さまは、並《な》べて凝りを訴えられます。中には、腕が上がらぬどころか動かすだけで痛い、毎日、苛《さいな》まれているようだと泣かれる方もおられますよ。稲村さま、ご事情は存じ上げませんが、稲村さまの主の方がただ凝りを和らげたいだけであるなら、やはりお待ちいただかねばなりません。無理な横入りを認めれば、同じことを求める人たちが出てくるかもしれません。そうなったら、わたしの商《あきな》いそのものが乱れてしまいます」

「然《しか》りごもっとも。が、ここは是非にも揉んでいただかなければならぬ。これは、お梅どのにしかできぬ仕事なのだ。ずっと寝たきりだった森坂《もりさか》さまのご母堂《ぼどう》が、お梅どのの揉み技《わざ》で歩けるまでになったという話、それがしも聞き及んでおる」

お筆が上がり込み、お梅の背後に回った。

「森坂さまっていうのは、あのお旗本だよ」

と、囁《ささや》く。お梅は頷《うなず》いた。覚えている。忘れることはない。

命が尽《つ》きるまでにもう一度だけ、己の足で歩いてみたい。

老女の最後の望みを叶えるために、お梅は呼ばれた。

三月《みつき》通い、揉み続けた。刻との戦いだった。老女とお梅に残された日数はそう多くない。

よく持って、あと一月《ひとつき》。

医者に告げられた日限をはるかに超えて、老女は生きた。そして、三歩、歩いた。

まあ、歩けましたよ。梅どの、わたくし、自分の足で歩けました。

はい。お歩きになりました。お見事にございます。

老女とのやりとりは、今でも時折、よみがえる。

「では、わたしのことは森坂さまから、お聞きになったのですね」

「うむ、まぁ……。あ、しかし、お梅どのの評判は高い。森坂さまでなくとも、おのずと耳に入ってくることもあるのでは……」

稲村という侍は嘘やごまかしがあまり上手《うま》くないのだ。だから、隠そうとすればするほど歯切れが悪くなる。

森坂家は二千石の家柄だった。稲村の主は、それに伍する家の長なのだろうか。

「お梅どの、我らは、森坂さまのご母堂のように治療に三月も掛けてくれとか、萎えた足を歩けるようにしてくれとか、そんな大それたことを頼んではおらぬのだ。半刻《はんとき》（約一時間）、いや、四半刻（約三十分）でいい。我が殿の腕が自在に動くよう揉んでみてはくれまいか」

四半刻。それだけの間、腕が動けばいいというわけか。

戸惑う。今まで、数多《あまた》の身体を揉んできた。男も女も、老人もまだ若い人々も、町人も武家も、一本気な職人も、亭主の所業に悩む女房も、子を産んで間もなくの母親も、威勢のいい啖《たん》呵《か》を切るわりに身の奥には疲れを溜《た》めた鳶《とび》の頭《かしら》も揉んできた。一つとして同じ身体はなく、同じ凝りもなかった。似たものはあるけれど同じものはないのだ。けれど、誰もが楽になることを願っていた。

「少しでもいいから、この首が回るようになりたいんですよ。横も向けなくて」

「腰が痛くてたまらねえ。先生、どうかお頼みします。楽にしてくだせえ」

「おお、これはいい。身体全部が軽くなった。こんなに軽いのは、とんと覚えがないぞ。え？　今までみたいな暮らし方をしていると、また、凝ると？　うーん、お梅さんに度々来てもらうわけにはいかないし。うーん、どうしたものか」

「この頭風《ずふう》、とれますか。とってください。もう辛《つら》くて、辛くて」

切羽詰まったものも、まだゆとりのあるものもあったけれど、どの人もどの身体も凝りの痛みや重さから逃れたいと足掻《あが》いていた。

できればもう一生、取り付かれたくない。それが無理なら一年、せめて半年、この軽い心身でいたい。療治の後、腕を回しながら、深く息をしながら、大半の者が口を揃《そろ》えて言う。

身体も凝りも百人百色、けれど、どんなに短くても一刻（約二時間）は揉み続けねばならなかった。そこは変わらない。それぐらいの刻をかけないと解れないのだ。半刻程度で楽になるような軽いものなら、わざわざ高い揉み料を払ってまでお梅に縋《すが》ってきたりしない。

なのに、四半刻？　四半刻だけ？　そのために、二十両も支払うつもり？　こんなに懸命に、土下座までして？　それって、どうしてなの。

わからない。さっぱり読めない。稲村と名乗った武士の後ろには、どんな現《うつつ》が控えているのか。思案を巡らせても、空回りするだけだ。わからない。わからない。わからないけれど、きっと不穏だ。禍々《まがまが》しくさえあるかもしれない。そして、暗く、重い。

不意に、お梅は感じた。打ちひしがれ己を己で支えきれず、くずおれる者の気配を。

これは、誰のものだろう。稲村さま？　それとも、稲村さまに関わりのある誰か？

稲村が運んできたことだけは確かだが、その他は摑めない。

――おい、お梅。

十丸がいつもより低い声で呼んだ。

――おまえ、馬鹿なことを考えるな。

馬鹿なことって、なによ。

――惚《とぼ》けるな。おまえ、今、この侍の誘いに乗ってみようと思っただろう。

誘いじゃないわ。仕事を頼まれたの。

――その仕事を引き受けるつもりか。

今、思案中よ。

――それは、引き受ける気があるってことだな。

それは……ええ、そうよ。

十丸相手に、嘘や誤魔化しを口にする必要はない。お梅は心の内をありのままに告げた。

まだ思案中ではあるけれど、引き受ける方に気持ちが傾いているかな。

――お梅。この、あほうが。

馬鹿の次はあほうなの。ほんと、あんたって口が悪いわね。

――おまえは頭が悪い。我が身を守る思案すらできない。こいつら、剣呑《けんのん》だ。嫌な臭《にお》いがする。近づかぬが得策ではないか。金を返して、さっさと帰ってもらえ。

近づかぬが得策。確かにその通りだ。厄介事《やっかいごと》、危ない場所は避《さ》けるに限る。自分から突っ込んでいくのは、馬鹿であほうだ。でも……。

「稲村さま」

「うむ」

「わたしに、その方をお救いできるのでしょうか」

稲村が息を呑み込む音がした。

「わたしが揉むことで稲村さまの主である方を救い、助けられるのですか。わたしの助けが入り用だからこそ、稲村さまはここまで必死になっておいでなのですか」

問いを重ねる。稲村は詰めていた息を吐き出した。それだけで、何も言わない。

「稲村さま?」

違うのだろうか。

お梅は僅かに眉を顰《ひそ》めた。稲村の真意が摑めない。

身体の凝りに苦しむ主を見兼ね、忠義の心から揉み師を訪ねてきた。あるいは主から、何としてもお梅を連れて来いと命じられた。おそらく、主はこれまで様々な療治を受けてきたのだろう。揉みはもちろん鍼《はり》も灸《きゅう》も膏薬《こうやく》も試した。けれど、どれも効が薄く弱り果てていたとき、森坂からお梅の評判を聞き、試してみようと思い立った。

お梅は初め、どちらかの筋書きだろうと考えていた。しかし、稲村はたった四半刻、腕が滑《なめ》らかに動くようにしてくれればいいと言う。しかも、それで主が救えるのかとの問いに、黙り込んでしまう。

何のために揉み療治を望むのか、摑めない。こんなことはめったになくて、お梅は戸惑っていた。そこに加えて、あの不穏とくずおれる者の気配。稲村の必死の様子。あれらは何だ？　わからない。やはり、どうにも読めない。

「お梅どの」

稲村が呼んだ。腹の底から絞り出したような、青地よりさらに濁った声だった。

「わけあって、詳しくは語れぬ。どうか、そこを汲《く》んでいただきたい」

「何を汲めばよろしいのですか。何も聞かず、何も知らず、ただ揉めと仰るのですか」

「……有り体に言えば、そうなる」

「ならば、お断りするしかありません」

お梅は背筋を伸ばし、前を向く。やや右寄りに、強い眼差《まなざ》しを感じた。稲村が瞬《まばた》きもせず、お梅の横顔を見詰めている。

「稲村さま、人は人だから凝るのです」

「は？」

「草木も花も石も凝りません。犬や猫は凝りを訴えたりしません。鳥も魚もです」

「はぁ？　あの、お梅どの、いったい何を」

首を振り、稲村の言葉を遮る。そして、続ける。

「人だけが凝りを訴え、解そうとします。でも、人の身体って凝るようにできているのです。どんなに気を配っていても凝るのです。人がどうして凝りを溜めるのか。それは様々です。同じ姿勢をずっと続ける、身体をこき使う、無理を重ねる。そして、何より思い悩む。理由は幾《いく》らでも考えられますから」

「思い悩む……」

「はい。身体と心はとても密に繋《つな》がっているんです。身体が疲れると心も疲れます。くたくたに疲れ切ったときに前向きな考えは、めったに浮かんでこないものです。反対に心の調子が乱れると、必ず身体のあちこちの具合が悪くなります。でも、それは心が整えられれば身体が、身体の調子が良くなれば心が治ることでもあるんです。稲村さま」

お梅は少しばかり、身体を前に倒した。

「もうちょっとだけ、わたしの話を聞いてくださいな」

ややあって、稲村が答えた。「あい、わかった。聞かせていただこう」

小さく頭を下げた後、お梅は居住まいを正した。

わたしはもう、誰にも、どこにも用のない者になってしまった。

そう言って、ため息を吐《つ》いた老女がいた。

一年ほど前に揉んだ、林町《はやしちょう》一丁目の太物屋《ふとものや》の女房だった。

亭主に先立たれはしたが店は息子が継ぎ、上手く商いを回し、暮らしに困るわけではなく、老いてはいるが病を抱えているわけでもなく、子にも孫にも恵まれ、傍《はた》から見れば羨《うらや》ましい限りの老後を送っている人だ。その人の凝りが手強かった。首から背中にかけてかちかちに固まり、日の経《た》った鏡餅を素手《すで》で割ろうとしているような手強さを感じた。それでも、徐々に強張りが緩んでいくと、老女は語り始めたのだ。

わたしはもう、誰にも、どこにも用のない者になってしまった。だから、淋《さび》しくてたまらない。悔《くや》しくもある。一生懸命に生きてきたのに、亭主と二人、店を守《も》り育ててきたのに、どうしてこんな気持ちになるのか、自分でも答えが出てこない。でも、ともかく淋しい、悔しい、虚《むな》しい。時折、死んでしまいたくなる。わたしが死んでも、誰も困らないし。

ねえ、お梅さん、聞いてくださいな。

背中の凝りを六、七分、何とか流したころ、老女は不意に口調を変えた。

「息子はね、もう楽に遊んで生きろって言うんですよ。店のことは心配しなくていいから、自分のことだけ考えて暮らせってね。どうです？　聞きようによっては親孝行の鑑みたいに聞こえるでしょう。ええ、この話をするとね、みんな羨ましがるんですよ。わたしも、笑いながら『そうなの。息子も嫁も優しくて、よくしてくれるの。あたしは江戸一番の幸せ者よ』って言ってやるんです。みんなに自慢してるわけ。だって、自分が不幸せだなんて話はできないでしょう。周りは喜びますけどね。女なんてのは自分より不幸せな人が好きなんですよ。あの人よりは、わたしの方がよほどマシだわなんて胸を撫《な》で下ろすのが大好きなわけ。わたしは、だから、人前ではずっと幸せ者でなくちゃならないんですよ。あ、お梅さん、こんなこと誰にもしゃべらないでくださいよ。え？　ああ、そうですよね。口が堅くないとこんなお商売はできませんよね。ごめんなさい、いらぬことを言いました。ああ、いい気持ちですよ。身体の中に一本、道ができたみたい。そこから、いろんなものが流れ出ていくようで……これが凝りなんですか。あ、まさかね。え、そうなんですか？」

そうですよと、お梅は答えた。「ただし、身体ではなく心の」と付け加える。

商いの表舞台から降り、お内儀《かみ》の立場を失った虚しさ、亭主に先立たれた淋しさ、息子夫婦に蔑《ないがし》ろにされているような居心地の悪さ、そこに伴う不安と怒り、自分を持て余す辛さ、世間体を守ろうとする気苦労、見栄を捨てきれない疲れ……。そんなものが心から身体に伝わり、硬く固めてしまう。

二度ほど通い、できる限り身体を解した。二度目の日、帰り支度をしていると老女が「これ、何かわかりますか」とお梅の手許《てもと》に何かを差し出してきた。触ってみる。釣り道具らしい。しかも、かなりの上物みたいだ。軽くて、滑々《すべすべ》している。漆《うるし》でも塗ってあるのだろう。

「まあ、大当たり。そう、釣り竿なんです。亭主の物なんです。若いころから釣りが好きでね。納戸《なんど》に仕舞い込んでいたのを、この前、見つけたんですよ。それで、わたしもやってみようかと思いましてね。ええ、釣りを。ふふ、本当は子どものころから好きだったんです。魚が掛かったときの手応えが何とも気持ちよくて。ずっと忘れていたのに、どうしてだか、思い出しちゃって。女だてらにとか年寄りのくせにとか言う人もいるでしょうが、気にしませんよ。楽しいことはした者勝ちですものね」

老女の声は明るく、屈託がなかった。

今でも、時折だが老女から魚が届く。生のままのときもあるし、煮つけや刺身に料理されたときもあった。旬の魚はいつも、嬉しくなるほど美味《おい》しかった。

「なるほど、その老女は凝りが解れることで、心も軽くなったわけか。なるほど、なるほど」

稲村が「なるほど」を繰り返す。

「口幅ったくはありますが、わたしは人の身体と心を相手にします。だから知りたいんです。今、主の方が抱えている凝りの正体に迫りたいんです。そのためには、揉み療治を施す方が、どんな様子なのか、わたしに一番望んでいるのは何なのか、揉んでどういう身体と心を取り戻したいのか、教えていただきたいのです。そこから、療治の一歩が始まります」

実は聞きたいことはもっと細かく、多い。

よく眠れているか、目覚めたときの気分はどうか、食事は美味しいか、便通や尿意は一日の内でどれくらいあるか、煙草や酒は呑むか、好きな食べ物は、嫌いな食べ物は、鈍い痛みを感じるところはないか、よくしゃべるのか、寡黙なのか、苛立《いらだ》つことは多いか、頭風に悩まされてはいないか、息苦しさを覚えたことがあるかどうか……。

たいていは、お昌《まさ》に頼んで先に聞き取っておいてもらう。しかし、今回は先調べなど叶いそうもない。だからこそ、少しでも知るべきことを手に入れたい。

稲村が唸《うな》った。

「お梅どのの言うことはよくわかる。納得もできる。身体と心の繋がりなど思ったこともなかった。だから、正直、感服いたした。物事の真実に触れた気さえいたす」

「それでは」

「それでも無理だ。それがしからは、これ以上のことは何も話せんのだ」

東の間だが、お梅の周りが静まり返る。雨音さえ消えている。いつの間にか、雨は上がったのだろう。その後にはおそらく、北からの風が強くなる。それが凪《な》ぐのはいつになるのか。明日か明後日か。

「それがしは家臣《かしん》だ。殿に仕えておる」

稲村が口を開く。力の削《そ》がれた、弱々しい声が漏れた。

「何も言うなと命じられれば、家臣として背《そむ》くわけにはいかん。しかし、どうあっても、お梅どのには来ていただかなければならぬ。それで、それでだな、お梅どの」

「あら、お武家さま、上がり框《かまち》に膝をつくぐらいなら、お上がりになればいいでしょうに。そんなに前のめりになって、あまり力を入れないでくださいね、板が外れるかもしれません」

稲村が上がり框に膝をつき、身を乗り出している。そう伝えるためにお筆は、わざと声を上げた。むろん、板が外れるような造りにはなっていない。

稲村は聞き流した。あるいは、耳に入っていないのかもしれない。

「どうか、我らと共に来てくださらぬか。屋敷に入った上で、お梅どのから直《じか》に尋ねてもらいたい。お梅どのは家臣にあらず。殿の命に従う儀はござらんだろう」

「まあ、それは……」

誤魔化しのようにもその場凌《しの》ぎのようにも感じる。ただ、稲村は真剣に、懸命にお梅を説得しようとしている。何としてもの一言が、全身に張り付いているみたいだ。

気持ちが揺らぐ。どういう経緯が、どういう真実が裏にあるのか。知りたい。

「わかりました。参りましょう」

「おおっ」と、稲村が吼《ほ》えた。その拍子に身体の平衡《へいこう》を崩したのかがたがたと音がする。土間に転がったのだ。「まあっ、大丈夫ですか」「稲村さま、お怪我はござりませぬか」。お筆と青地が助け起こしている。お梅はここでも何とか、笑いを堪《こら》えた。

「大丈夫だ。すまぬ、つい慌てた。お梅どの、かたじけない」

「ただ、わたしにも段取りがございます。三日後の今日と同じ刻においでください。それで、よろしいですね」

「う……あいわかった。何卒、よしなに頼む」

「お引き受けいたします」

指をつき、低頭する。

――おまえの知りたがり屋だけはどうしようもないな。
十丸がこれみよがしのため息を吐いた。
――その気性のために厄介な場所に引きずり込まれる。そうなっても、知らんぞ。
十丸は、今度はどこか悲し気な息を吐き出した。
覚悟のうえで、やってみるわ。
奇妙で剣呑な頼みではあるけれど、お梅を待っている誰かがいる。それだけは確かだ。
十丸の三度目の吐息が耳朶に触れた。

三　女の気配

三日後、約束の刻《とき》。

お梅《うめ》の小さな仕舞屋《しもたや》に稲村《いなむら》は再びやって来た。

「駕籠《かご》を用意いたした。乗っていただきたい」

三日前より、やや硬い口調で告げる。お梅は素直に頷《うなず》いた。駕籠に乗ってしまえば、どこに連れて行かれるのか見当さえつかなくなる。目の見えないお梅にとって、道すがら感じる諸々は一つ一つが道標《みちしるべ》だった。

味噌《みそ》屋、銘酒《めいしゅ》屋、搗米《つきごめ》屋、古道具屋、乾物《かんぶつ》屋、質《しち》屋、絵草子《えぞうし》屋、売り声、響いてくる子どもたちの歓声、三味線《しゃみせん》の音……匂いや物音や声や気配を身体《からだ》に染み込ませて、お梅は歩く。それらは、同じ道を通るときの大切な手引きとなってくれるのだ。駕籠に乗ってしまうと、その道標を手引きを半ば失うことになる。

不安だった。

しかし、お梅は抗《あらが》わなかった。稲村たちは、おそらく屋敷の場所をお梅に気取《けど》られたくないのだろう。それなら、抗っても無駄でしかない。武家の用意した駕籠を町人が拒《こば》める道理もなかった。ただ、ぎりぎりの申し立てぐらいはする。

「十丸《とおまる》も一緒に参ります。駕籠について来ますので、お屋敷内に連れて入れるようにご配慮ください」

そうでなければ、わたしも行きません。

言外に、その一言を秘めて告げる。稲村は暫《しばら》く黙《もく》した後、「よろしかろう」と答えた。その声音《こわね》にも気配にも、この前より重く、疲れが滲《にじ》み出ている。

十丸の引き綱を長くして、先をしっかりと握《にぎ》り込む。それから、駕籠に乗る。ごく普通の四ツ手駕籠のようだが敷物はよく日に干してあるらしく、乾いて温もりがあった。

よっほっ、よっほっ、よっほっ。

担ぎ手の掛け声を聞き、駕籠の揺れに身を任せる。引き綱からは十丸の軽やかな足取りが伝わってきた。掛け声にぴったり歩調を合わせているのが、おもしろい。

ただ、おもしろがるゆとりは駕籠から降り、屋敷内に案内されたとき瞬時に消えた。代わりに、怯《おび》えに近い情が広がる。

何なのだろう、この気配は。

お梅は我知らず、身を縮めてしまう。とたん身体が強張《こわば》り、血の流れが滞《とどこお》る。若さのおかげで、その滞りを凝りにまで拗《こじ》らせたりはしないが、気持ちは緩《ゆる》まない。

――嫌な気が満ちてるな。

十丸が顔を顰《しか》めた。

確かに嫌な気だ。どろりと粘《ねば》りながら絡《から》みついてくる。喉《のど》を塞《ふさ》がれた息苦しさまで覚えるようだ。そして、身体が芯から冷えていくようにも感じる。

お梅は唾《つば》を呑《の》み下した。

この気配がどういうものなのか。どこから流れ出ているものなのか。知らねばと思う。こんな中で暮らしていれば、ただ息をしているだけで、人は凝り固まってしまう。身も心もだ。

――これは難敵だぞ、お梅。

十丸がちらりとお梅を見やる。

――悪いことは言わん。ここで、踵《きびす》を返して帰ってはどうだ。おれが道案内してやる。

そうだねと同意しそうになる。逃げ出したくなる。

お梅は気持ちを整えるために、深く息を吸い、吐き出した。そうすると、不安や怯《ひる》みがゆっくりと退《しりぞ》いていく。

――帰らないのか。

十丸がさらに顔を顰める。

帰らないわ。

――ここで意地を張らずともよかろう。意固地になると碌《ろく》な目に遭わんぞ。

意地なんかじゃない。違うの。わたしは知りたいの。この気配の正体を、こんな中で人はどんな凝りを抱えるのかを知りたいのよ。

十丸はもう何も言い返さなかった。ただ、喉元が微《かす》かに動いた。たぶん、「馬鹿だ」とか「愚《おろ》か者」とかそんな誹《そし》りの一言を諦《あきら》めと一緒に呑み込んだのだろう。

足音がした。背後で、稲村たちが膝《ひざ》をついたのがわかる。身を低くしなければならない相手が現れたのか。お梅はそのまま立っていた。稲村も腰を低くするようにとは命じてこない。

香が匂う。

「待っておりました。こちらに」

前置きもなく、女の声が聞こえた。老いた声だった。だから、促《うなが》されて履き物を脱いだとき、お梅の手を支えてくれた指に驚いた。力の入れようも、滑《なめ》らかな肌も若さをしっかりと保っていたのだ。声だけが老いている？　どうして？

そして、この冷たさは何？

板場に上がり、お梅は小さく頭を下げた。

「ありがとうございます。後をついて参りますので、ご案内をお願いいたします」

衣擦《きぬず》れの音がした。女が歩き出す。お梅は、きっかり三歩の間を置いて続いた。

十丸がため息を吐《つ》いた。

そして、今、冷え冷えとした廊下で女と向き合っている。

女は情をわななかせていた。

お梅が問い質《ただ》したことに憤《いきどお》っている。あるいは狼狽《ろうばい》している。その裏返しのように、居丈《いたけ》高《だか》になり、お梅に身の程を弁《わきま》えろと叱咤《しった》してきた。十丸は十丸で、それみろ、言わんこっちゃないと鼻先に皺《しわ》を寄せる。

お梅は唇を嚙《か》み締めた。それから、閉じた目を女に向ける。

「さっき、申しましたように、わたしには揉《も》み師としての決め事がございます。誰に強いられたわけでもなく、わたしがわたしに課した決め事です」

「決め事……」

女の囁《ささや》きが耳朶《じだ》に触れた。お梅を一喝《いっかつ》した激しさはもう窺《うかが》えない。

「はい。人を人としてきちんと揉む。そういう決め事です」

「人、とな。それは当たり前ではありませぬか。そなた、犬や猫を揉むわけではあるまい」

たまに犬や猫も揉む。この前、時折やってきて餌をねだる猫、お梅が勝手にぜんまいと名付けた猫を揉んでやった。耳の後ろから首筋をゆっくりと解《ほぐ》してやると、ぜんまいは吐息《といき》とも鳴き声ともつかぬ音を出して、体を長く伸ばした。普段は馴《な》れているようで、どことなく用心の構えを崩さないどら猫だが、そのときは全てをお梅にゆだね、体中の力を抜いていた。しかし、ここでぜんまいの話を持ち出しても意味はない。

「仰せの通りです。でも……これは稲村さまにも申し上げましたが、人とは千差万別の生き物。一人として同じお方はいらっしゃいません。そして、凝りは人そのもの。そのお方がどんな暮らしをしているか、日々、何を食べ何を思い何を良しとしているか。どんな喜びや苦しみ、悲しみを味わっているか。それによって、在り方を変えるのです」

「つまり、同じ者が二人といないように、同じ凝りも一つとしてない。人それぞれにそれぞれの凝りがあると申すのか」

あらと、お梅は胸裏で呟《つぶや》いた。

このお方、わかってるじゃない。

稲村がお梅の言葉を伝えているとは考えられなかった。身分の違いではない。その気があれば、作法に則《のっと》り伝える術《すべ》はあるはずだ。

目の前にいる女人は己の周りに壁を作っているようだった。高く聳《そび》える堅牢《けんろう》な壁だ。他人を近づけないために、だろうか。心の内に何人《なんぴと》たりとも踏み込ませないために、だろうか。稲村の気性はよくわからないが、壁をよじ登るより、その手前で立ち竦《すく》む見込みの方が高い気がする。十中八九、稲村はお梅の言葉を伝えたりはしていない。お梅が引き受けたこと以外、ほとんど何も告げていないのだろうと、思う。だとすれば、この女人は人が一様でも一色でもないと解しているわけだ。

お梅は深く首肯《しゅこう》した。

「その通りです。もっと申し上げれば、同一の人であっても年齢や暮らし向き、心身の調子云々《うんぬん》によって違ってきます。だから、お尋ねしなければならないのです」

「尋ねるとは何を？」

冷えた廊下で向き合いながら、女は心持ち、声音に力を込めた。

「まずは御名を。そして、今、何がお辛いか。苦しいか。それから、その辛さや苦しみをどうしたいかをお尋ねします」

「尋ねて答えれば、そなたはそれらを取り去ってくれるのか」

「いえ、そのようなことはできません」

お梅はかぶりを振った。女は身じろぎもせず、お梅を見据えている。その眼差《まなざ》しは確かに伝わってきた。

「わたしにできるのは身体の凝りを解すこと、歪《ゆが》んだ骨を正すこと、それによって息の通りや血の流れをよくする。それぐらいです。ですから、ただの凝り、ただの歪みなら治せますが……いえ、それとて長くても数か月、短ければ一月《ひとつき》足らずで元に戻ったりします。でも、だからこそ、揉む相手のご様子をできる限り知りたいのです。知った上で丁寧《ていねい》に施術したいのです。つまりその方に最も合う揉み方で、凝りを解いていきたいのです」

「知ればどうなるのです。何も知らぬまま揉むときと何が違うのです」

「長く持ちます。無理をすれば人の身体も心も硬くなります。身体が硬くなれば痛みや重みになり、心ならば鬱々《うつうつ》として何も楽しめなくなったりするのです。でも、丁寧に揉み解せば、次に凝り固まるまでの刻を稼げます。一日でも二日でも長く、楽なまま暮らしていただけます。人はそれが限られた間であっても、辛さや苦しみから解かれれば前向きになれるものです。人として一日一日を楽しめるのではないでしょうか」

人として、人らしく……。

梅どの、わたくし、自分の足で歩けました。

森坂《もりさか》家の老女の、死を間近にしながら生き生きとした声音を思い出す。喜びに満ちた人そのものの声だった。八寿子《やすこ》という名の老女は見事に生き切ったのだ。そのための力になれた。人が人らしく生きる手助けができた。

そういう仕事をこれからも為《な》したい。

「ならば、無用です」

女の言葉に頬《ほお》を叩かれた。そんな気がした。

「無用と仰《おっしゃ》いましたか」

「そうです。無用です」

しゃっ。衣擦れの音が高く、鋭《するど》くなる。女が身体を回し、お梅に背を向けたのだ。

「お待ちください。無用とは、どういう意味でございますか」

「そのままです。稲村が伝えておりませんでしたか。そなたを呼んだのは、一時、腕を無理なく動かせるようにしてもらいたかったからです。一月も二月も先のことなど、どうでもいいのですよ。どうせ、先などないのです」

「先がないとは……」

もしかしたら死病に取り付かれた患者なのだろうか。

「稲村さまも同じようなことを仰いました。四半刻（約三十分）、腕が動けばよいのだと。わたしには、何も解《げ》せません。わたしは、どなたを揉むために、何のためにこのお屋敷に連れてこられたのでしょうか。患者は、このお屋敷のご当主さまでございますか」

「そうです」

あっさりと答えが返ってきた後に、暫くの間ができた。

「梅とやら」

「はい」

「たかが揉み師の分際で、武家に名を問うた。それが、どれほど身の程知らずの所業かわかっておるのですか」

「はい。承知しております」

「わかった上で、あえて問うたのですね」

お梅はやや俯《うつむ》けていた顔を上げた。その顔を真っすぐに女に向ける。

「仰《おお》せの通りにございます。ただ、どうしてもお尋ねしなければなりませんでした。わたしにはわたしのやり方があります。それを通さなければ、わたしの揉み療治はできません。できぬとは、つまり、わたしを見込んで、信じて呼んでくださった患者を裏切ることです。わたしは……わたしを信じてくれた方々を裏切りたくないのです」

口の中の唾を呑み込む。そして、続ける。

「わたしには人の命を救う力はありません。病も怪我《けが》も治せません。でも、助力《じょりょく》ならできます。一時でも身や心を軽くして、明日を楽しめる。その助けぐらいならできると己を信じておりますす。ただ、そのためには持てる力を出し切らねばなりません。ですから、無礼を承知でお尋ねいたしました。ご当主さまが、今、どのような苦しさ、辛さを抱えておられるのか、痛みはどの程度なのか、そこまで凝り固まった理由にお心当たりがあるのかないのか、どんな風に楽になりたいのか、できるのなら全てお聞きしたいと思っております」

――おい。そこまでにしておけ。

十丸が口を挟んできた。むろん聞こえるのは、お梅だけだ。

――何を熱くなって、べらべらしゃべっている。相手は武家の者だぞ。町人の小娘の言うことに大人しく頷いてくれるとでも思っているのか。この女の勘気《かんき》に触れてみろ。殺されぬまでも仕置きぐらいはされるかもしれんぞ。

もう遅いわよ。言いたいこと言っちゃったもの。

――だったら取り消せ。出過ぎたことを申しましたと詫《わ》びて、当主とやらの肩でも腕でも足裏でも揉んで何とか動かせるようにすればいい。おまえなら、容易《たやす》いだろうが。そうしたら、無事に帰れる見込みも高くなる。

嫌よ。

——お梅。いいかげんにしろ。どうしてそこまで意地を張る。おまえ、少し変だぞ。

負けたくないのよ。

——は、負ける？　どうしてここで勝ち負けの話が出てくる？

十丸、あたしたちが感じているこの気配って、物の怪《け》や幽霊の仕業《しわざ》じゃないよね。人の内から流れ出しているものだよね。

——物の怪や幽霊は気配など放つものか。明らかに人だ。

だとしたら、あたしでも何とかできるかもしれない。

お梅は僅《わず》かに胸を張った。この冷えて暗く、ねとりと纏《まと》わりつくような気配をきれいさっぱり消し去る。そんな離れ業は到底、無理だ。お梅がどんなに力んでも、精一杯努めても、ほんの一端を拭《ぬぐ》うのがやっとだろう。しかし、それがここに住まう者の苦痛を減じることに繋《つな》がるのなら、全霊でやってみる値打ちはある。いや、揉み師としてやらねばならないはずだ。今は身分だの身の程だのに拘《こだわ》るときでも、武家の威信に怯えて命じられるままに動くときでもない。自分のやり方を貫《つらぬ》くときだ。

——おまえは、本当にどうしようもないやつで……。

十丸が長い息を吐き出した。切なげな息の音だった。

「楽になる」

女も小さく息を零し、その吐息と変わらぬ声を出す。

「楽になって、明日を楽しめる。そなた、本気で申しておるのですか」

「本気でございます。本気でなければ、奥方さまにここまで申し上げはいたしません」

「違いますよ」

「はい？」

「わたしは、奥方ではありません。屋敷の奥は取り仕切っておりますが」

「あ、こ、これはご無礼いたしました」

慌てて詫びる。女は他人を従わせることに慣れた不遜《ふそん》さと共に品位も具《そな》えていると、お梅には感じ取れた。当主の妻だと見当を付けたが、外れていたようだ。

女は、お梅の非礼を許すとも許さぬとも言わなかった。まるで別のことを口にしたのだ。

「そなたの評判はわたしの耳にも届いております。とりわけ、森坂さまのご母堂への施術は見事であったそうですね。神業《かみわざ》に等しいと聞き及びました」

「……恐れ入ります」

神業は、あまりに言い過ぎだ。噂話に尾鰭《おひれ》、背鰭《せびれ》が付くのは町人の世も武士の世も同じらしい。ただ、森坂家の当主、彦一郎《ひこいちろう》がお梅の仕事を殊《こと》の外《ほか》喜び、称《たた》えてくれたのは事実だ。

「あの噂は真《まこと》なのですね。ご母堂の萎《な》えた足を揉み解し、歩けるようにしたという噂です」

「あ……はい。真にございます。ただ、八寿子さまがお歩きになったのは、床から廊下までの間です。それでも三月掛かりました。神業などとは、とても申せません」

噂の虚実をはっきり伝える。

「お幸せだったようですね」

女が横を向いたのだろう。声が少し斜めから届いてきた。

「八寿子さまが、ですか」

「そうです。森坂さまからお聞きしました。ですから、真《まこと》でありましょう。ご母堂は最期《さいご》に、我が足で歩く望みが叶い、この上なく幸せだと言い遺《のこ》されたとか。『病みに疲れて死さえ求めていた母が幸せに逝《い》けた。全て揉み師の手柄だ』と、森坂さまは仰せでしたよ」

「いたみ入ります。揉み師冥利《みょうり》に尽《つ》きるお言葉です。でも、悔いは残ります」

「悔い、とな」

「はい。八寿子さまは仰いませんでしたが、本当は裸足《はだし》で庭をお歩きになりたかったのではと、わたしは思っているのです」

身体を揉みながら、八寿子と切れ切れにだが言葉を交わした。そのとき、独り言のように囁《ささや》いた一言が忘れられない。

「わたしはね、まだ裸足で土を踏んだことがないのですよ」

高位の武士の家に生まれ、同じ家格の夫の許《もと》に嫁ぎ、嫁として妻として母として生きてきた老女は、ただの一度も履き物を脱ぎ、地面を踏んだことがないと打ち明けたのだ。

「裸足は気持ちがよいものでございますよ」

足裏を揉みながら、お梅は答えた。肌から直《じか》に伝わってくる土の湿り気や乾き、野草の息吹《いぶき》、石の冷たさ、苔《こけ》の思わぬ温《ぬく》もり。そんなものを言葉にして伝えたけれど、八寿子はそれっきり口をつぐみ、二度と裸足について触れようとはしなかった。本心の吐露《とろ》を恥じたのだろうか。

「もう少しわたしに力があったのなら、もう少し刻があったのなら、もう少し努めていさえすれば八寿子さまの望みに近づけたのではないかと悔いております。今さら、どれほど悔いても詮無《せんな》いとわかってはいるのですが……」

指先に老女の足裏がよみがえる。お梅はゆっくりと指を握り込んだ。

不意に女が告げた。

「これから、久能《くのう》家当主、和左之介守康《かずさのすけもりやす》どののお身体を揉んでいただきます」

そこで、暫くの沈黙ができる。

「今は肩から腰のあたりまでがひどくお凝りです。指先も痺《しび》れ、箸を持つのがやっとという有り様。刀などとても握れませぬ。その痺れをそなたに揉み解してもらいたいのです」

「それは……刀を握るためにでしょうか」

再びの沈黙。お梅は自分の胸を押さえた。心の臓が鼓動《こどう》を刻む。それが、いつもよりずっと速いのだ。口を少しでも開けていないと、息が詰まるようだ。

女が微かに気息を乱した。お梅だから察せられたほどの、ごく微かな乱れ。しかし、乱れたことに違いはない。女が初めて示した静かな乱れだ。

「こちらへ」

障子の開く音がした。

「こちらへ、お入りなさい」

「……はい」

お梅は十丸の引き綱を強く握り締めた。十丸が動く。その動きに合わせ、足を出す。足裏に畳《たたみ》が触れた。まだ新しいのか藺草《いぐさ》の青い香りが漂う。

「お座りなさい」

障子が閉められる。お梅はその場に腰を下ろした。十丸も座る。

「やや、薄暗くはありますが、まだ明かりは要りませんね。あっ」

女が息を呑み込む。

「すまぬ。つい……」

「お気を遣わないでくださいませ。わたしは盲《めし》いてはおりますが明暗ぐらいはわかります」

このお方、おもしろい。

慎み足らずではあるが、くすりと笑いそうになる。居丈高でお梅を見下していると感じさせるくせに、失言を即座に詫びようとする。見えないけれど、己の軽率さに頰を赤らめているのではないだろうか。

優しくて、かわいい。

冷えて強張った気配の後ろに、こんなに柔らかな情が隠れていたのか。

おもしろい相手だ。とても豊かなようで、ひどく欠《か》けてもいる。

——おもしろがっている場合じゃないぞ。妙な座敷だ。用心しろ。

妙なって、どんな風に？

——何もない。火鉢とか行灯《あんどん》とか暮らしの道具が何一つない。そのくせ、畳は真新しいのだ。昨日か一昨日かわからぬが、全て新しくしたようだな。

普段は使わないお部屋なんでしょう。お客さま用なんじゃない。

——そんな部屋になぜ、おまえを案内した。

そんなこと、わからないわ。

久能家の当主、和左之介守康を揉むためにお梅は連れてこられた。そこまでは、わかった。しかし、この座敷に当主が臥《ふ》しているわけでも、座しているわけでもない。畳が新しいだけの、がらんとした部屋らしい。

まさかここでお叱《しか》りを受ける、なんてことはないわよね。あたし、この方の気に障るようなこと何も言ってないもの。

――馬鹿か。どう考えても、気に障ることしか言うておらぬではないか。

そんな……。

女の声が真正面から届いてきた。つまり、真向かいに座っているのだ。

「名乗るのが遅れました。わたしは久能燈子《とうこ》と申す。ご当主和左之介どのの姉にあたります」

「あ、はい。御名をお教えくださり、ありがとうございます。燈子さま」

「報《しら》せぬつもりであった」

燈子の声が心持ち掠《かす》れた。そこに、艶《つや》が滲む。

「そなたには何も報せぬまま、揉み療治を施してもらうつもりであった。しかし、そなたの話を聞いていると、それでは事が進まぬのだとわかりました。そなたは実に強欲な女ですね」

「は？　強欲と仰いましたか」

「言いました。その通りでありましょう」

返答に詰まる。自分に悪目が多々あるとは、十分に承知していた。頑固だの、融通が利《き》かないだの、思い込みが強過ぎるだのと、十丸からも散々貶《けな》されている。お梅だって己を持て余すことも、うんざりすることも、ここは直さねばと省みることもある。しょっちゅう、あるのだ。

しかし、強欲だと言われたことも思ったこともない。

「お言葉を返すようですが、燈子さま、強欲という仰りようは承服できかねます」

「そうですか。わたしには、たいそうな強欲者と映りますが。己の仕事、為すべきことに関しては、どこまでも欲深く、譲るということがない。そなた、そういう者ではありませぬか」

「う……それは、でも……」

——図星だな。

十丸がほくそ笑んだ。横目で睨《にら》んではみたが、さも愉快そうな表情は変わらない。

燈子が身動《みじろ》ぎした。

「名は名乗りました。後は何が知りたいのです」

「はい。あの、できるのならご当主さまに、直《じか》にお身体の調子をお聞きしたくございます。どこが一番辛いか、痛むか、どう治したいのか、つぶさにお聞きできればと」

返事はない。ややあって、聞こえてきた声は老いを増したように、しわがれていた。

「楽にして差し上げたいのです」

楽にしたい。それは、弟を、この家の当主をという意味だろうか。むろん、そうだろう。他には考えられない。

「そなたの話を聞き、そなたを見ていると、どれほどの凝りも痺れも治し、人の心まで軽やかにしてくれる。そんな気がします」

それは、買い被《かぶ》りだ。お梅ができることなど高が知れている。己の力の限りも、未熟さもお梅なりに弁えていた。正直に打ち明ければ八寿子の件だとて、悔いはまだ幾つかあるのだ。三月も掛かったために、八寿子の残り少ない体力を奪《うば》う羽目になった。もう少し、できれば一月、いや、十日でも早く動くようにできていたら、あの老女は素足で庭を歩けただろう。生まれて初めて、足裏から伝わってくる地面を、土を、石を、草々を知っただろう。

お梅が揉んだ患者の全てが心身を軽く爽やかにできたわけではない。さまざまな因《いん》で、お梅の手に負えないまでに凝り固まった心身を前に、何度も途方に暮れたものだ。ただ、諦めなかった。どんなときも、僅かな望みのある限り揉み続けた。十丸曰《いわ》く「おまえの頑固なのには辟《へき》易《えき》するが、頑固なうえに諦めが悪いところは美点だろうな」だそうだ。ただ、今は、己の無力や美点をあげつらうときではない。黙って、耳を傾けるときだ。

お梅は口を閉じ、燈子の声に心を寄せる。その語尾が震えた。

「和左之介どのを楽にしてあげてください。今の苦しみを取り去ってあげてください。そなたに、縋《すが》ります。どうか……お願い」

燈子の気配が動いた。深く低頭したのだと察せられた。武家の身を誇る女が、町人の娘に頭を下げたのだ。稲村が土間に膝をついたのと同じだ。しかし、稲村よりさらに切羽詰まっている。強く締め付けられるような覚えさえする。

「燈子さま」

思わず名を呼んでいた。名を呼んだ相手は答えず、代わりに「三日後」と声を絞り出した。

「三日後、和左之介どのはこの座敷でお腹を召されます」

十丸が息を詰めた。お梅も息を詰めた。
全ての音が消え去った。静寂が落ちてくる。
お梅は、闇と静寂の中に息を詰めたまま座っていた。

四　人の淀み

お腹を召されます。

つまり、弟、久能《くのう》家当主和左之介《かずさのすけ》は切腹して果てる。燈子《とうこ》はそう告げたのだ。告げられて、これまで感じていた訝《いぶか》しさが、多少は薄れた。稲村《いなむら》の言動も、四半刻だけでも滑《なめ》らかに腕が動くよう施術《せじゅつ》してくれという奇妙な申し出も、この屋敷の冷えて重たい気配も納得できる。ただ、納得できないことが、まだ、残っていた。

「ご当主さまがお腹を召すことができるよう、わたしに揉《も》めとおおせなのですね」

「そうです」

燈子が身を起こしたのだろう、香《こう》の香りが揺れた。

「ご当主さまは、痛みを訴えておられるのですか」

「静かにして、一切動かさなければ肩や腕はさほどお痛みにはならないようです。ただ、少しでも動けば激痛が走るようで……なにより、先ほども申した通り指先が痺《しび》れ、さらにお腰が悪く、お支えする者がいなければ座るのも難儀というご様子なのです」

――一人で座るのもままならぬなら、腹を切るのは難儀どころではなかろうよ。

十丸《とおまる》が皮肉を呟《つぶや》く。いつもなら窘《たしな》めもするのだが、お梅《うめ》は黙っていた。確かにその通りだと頷《うなず》きそうになる。自分の身体《からだ》でさえ思うように動かせぬ者に腹を切らせる。無茶としか言いようがない。

「では、わたしの役目はご当主さまが、まがりなりにもお一人で座り、ご切腹できるまでに痛みや凝りを取り除く。そこにございますか」

「そうです」

燈子の物言いは、冷たさを潜《ひそ》ませた先のものに戻っていた。取り乱さず、己を律するためにはこの冷たさが要るのだと、声にならない声が届いてくる。

「介錯人《かいしゃくにん》はむろんおりますが、それまで、作法に則《のっと》って滑らかな所作をせねばなりませぬ。今の和左之介どのでは、それが叶《かな》いませぬ。ですから、そなたを呼んで」

「お断りいたします」

燈子を遮《さえぎ》って、叫ぶ。それから立ち上がった。

「待ちや、どこに行く」

「帰ります」

十丸が目を眇《すが》めて、見詰めてくる。それから、肩を窄《すぼ》めた。

――今更、遅い。はい、さようならと屋敷の外に出られるはずがないぞ。

燈子の眼差《まなざ》しがみるみる尖《とが》っていくのを、お梅は感じた。棘《とげ》になって刺さり、刃《やいば》になって切り付けてくる。一瞬だが、身が竦《すく》んだ。

でも、怯《ひる》まない。

お梅は奥歯を噛み締め、顎《あご》を上げた。

「ここまで話を聞いておきながら帰ると申すか。そのような真似《まね》、許されると思うのですか」

「お話を伺ったからこそ、帰るのです」

お梅はもう一度、腰を下ろし、燈子の眼差しに向かって一礼をした。

「燈子さま、わたしの行いが無礼だとは百も承知でございます。揉み師としても引き受けた仕事を途中で投げ出すのは、恥ずべきことと心得ております。けれど」

身を起こし、かぶりを振る。

「この仕事だけは、お引き受けするわけには参りません。いえ、引き受ける、受けないではなく、わたしにはできません」

燈子が目を伏せたのか、視線が翳《かげ》る。お梅は、僅《わず》かに膝を前に出した。

「わたしは、人々が生きることを少しでも支えるために、そのために揉み師を続けております。どんな病人であっても、お年寄りであっても、余命を区切られた方であっても、残りの日々を生きるために揉むのです。決して、決して、死の用意のためではありません」

燈子の気配が消えた。耳を凝らしても、息の音を捉《とら》えられない。

――心配するな。目の前に座っている。

十丸が教えてくれた。軽く目を狭める。

――ただ、身動《みじろ》ぎ一つしない。息もしていない……わけがないか。ふふ、石仏になってしまった如《ごと》くだな。まぁ、人が石仏になれるはずもないが。だから、まっ、聞いているのは確かだ。聞いているのだったら、続けてもいいのではないか。この際だから言いたいことを言えばよかろうよ。さっきみたいにな。後にどんな厄介事が持ち上がっても、みんな、おまえが悪いんだから仕方ないさ。今さら尻込みしても遅すぎる。前に進むしかあるまい。

皮肉をたっぷり含みながら、十丸が促《うなが》してくる。お梅は頷いた。

続ける。

「どんな理由であれ、死すためのお手伝いはできません。お許しください」

息の音が耳朶《じだ》に触れた。長い吐息の音だ。

「切腹は武士にのみ許された身の処し方。死をもって、武士としての生き方を全うできる唯一の手立て、武家に最もふさわしい美しい散り方なのです」

「わたしは武家ではありません。町人です。生きることに貪欲で、どこまでもどこまでも、とことん拘《こだわ》る。そういう人たちの世で生きてまいりました。これからも生きてまいります。ですから、あの、ですから……」

言葉が喉に閊《つか》える。言いたいことが纏《まと》まらず、思案は小さな破片になって頭の中でくるくると回るだけだ。でも、伝えなければならない。拒まなければならない。美しい散り方など紛《まが》い物だ。腹に刃を突き立てれば、痛い。血が流れる。介錯人《かいしゃくにん》の腕がなまくらで一刀で首を落とせず、落命するまでもがき苦しんだ武士がいると、そんな噂も耳にした。真偽は定かでないが、介錯人の腕がどうあろうが、腸《はらわた》をはみ出させ血塗《ちまみ》れになり、首を落とされた死体が美しいわけがない。

死は美しくない。美しいのは、死の間際まで懸命に生き抜くことだ。強く思う。

「あの、ですから、必死に生きて、生き抜いたうえで迎える死なら、致し方ないと思います。人は誰も必ず死にますので。わたしは、その生き抜くところを助けたいのです。八寿子《やすこ》さまも、初めてお目に掛かったとき、既にお命を限られておりました。でも、あの、死ぬための手助けではなく、限られた日々を生きる手伝いを仰せつかったのです。ですから……ですから、わたしなりに持てる力を全て出して、揉ませていただきました。悔いはございます。でも、八寿子さまの生きる助けになったことは、わたしの誇りともなりました。わたしの揉み師としての誇りです」

――お梅、だんだん本筋から離れていくぞ。

十丸が軽く舌を鳴らした。むろん、燈子の耳には届いていない。

――もう少し、要領よく話さねば、何を言われているのかわからんだろう。落ち着け。

お梅は唾を呑み込んだ。

そうだ、落ち着かなくちゃ。落ち着いて、伝えたいことを伝えなくちゃ。

燈子は静かだ。口を挟もうとも、お梅を遮ろうともしない。

わたしの言葉に耳を傾けてくださっている？

それとも、考えているのかもしれない。ここまできて、拒み、立ち去ろうとする者をどう成敗すべきかと。殺気はどこからも感じ取れない。お梅の前に座っているはずの燈子からも、廊下からも、だ。だからといって、このまま、すんなりと外に出られるとは考えられない。考えるほど能天気ではない。それに、悔しくもあった。

ついさっき、屋敷を覆《おお》う気配の一端なりと取り除けるならと思った。全霊で全力で、やってみようと心に決めた。なのに、今は全てに背を向けようとしている。

卑怯《ひきょう》だろうか。姑息《こそく》だろうか。身勝手過ぎるだろうか。

でも、やはり、できない。死ぬための揉み療治など、できない。したくない。嫌だ。

お梅は固く、指を握り込んだ。

「あの、燈子さま、身の程知らずな申しようだとお怒りなら、ごもっともかと存じます。でも、やはり、お許しください。死ぬと覚悟を決めた方なら、お揉みいたします。少しでも楽な身体で死を迎えたいとの仰せなら、力の限りにやってもみます。でも、ご切腹のための揉み療治は、それは、できません。わたしには無理です」

低頭する。額《ひたい》が畳《たたみ》に触れる。藺草《いぐさ》の青い香りが身の内に流れ込んできた。

「申し訳ございません。なにとぞ、ご寛恕《かんじょ》くださいませ」

返事はなかった。お梅は、先刻よりゆっくりと立ち上がった。十丸の引き綱を掴《つか》む。十丸も腰を上げた。ちらりと燈子を見やり、歩き出す。

「待って」

背後で叫び声が響いた。ほぼ同時に、腕を掴まれる。痛いほどの力だ。「きゃっ」。思わず、悲鳴を上げていた。足を踏ん張り、辛うじて転倒するのを防ぐ。

「苦しいのです」

お梅の腕を掴んだまま、燈子はさらに叫んだ。

「苦しくて堪《たま》らないのです。だから、救ってやって」

「え？　と、燈子さま。あの……あっ、痛いです。腕をお離しください」

指が食い込んでくる。

骨を砕《くだ》こうとしている。一瞬、そんな恐れが脳裏を過《よぎ》った。武家の女は、自分の頼みを拒み通そうとする小娘を許せなかった。怒りに任せ、骨を砕こうと……。

ワォン。十丸が一声、吼《ほ》えた。威嚇《いかく》も獰猛《どうもう》さも含んでいない。耳の奥まで入り込み、柔らかく響く。指の力が緩《ゆる》んだ。しかし、まだ離してはいない。その腕が下にひっぱられた。

燈子が膝をつく音がした。

「違うのです。違うのです、梅どの」

声が揺れる。燈子の心が揺れている。決壊を感じた。これまで、ぎりぎり堪えてきた情動が限りを超えた。土手が崩れ、奔流《ほんりゅう》となってほとばしる。

この方は、あたしに縋《すが》っておられるのだわ。

流れに巻き込まれながら、お梅の腕に縋っている。

「死ぬためではないのです。今、このときの苦しみを取り除いてやって欲しいのです。お願い、梅どの。もう、そなたしか、頼れる者はおりませぬ」

指が外れる。すすり泣きが聞こえてくる。

お梅は腰を下ろし、泣き声に向かって手を伸ばした。指先が人の肩に触れた。硬くて薄い。

「燈子さま、お話しくださいますか」

燈子の肩をさする。ゆっくりと、何度も。

「本当のことをお話しください。燈子さまのお心の内も含めて、梅にお聞かせください」

——おい、帰るんじゃなかったのか。

十丸がやけに呑気な物言いをする。

帰れないわよ。燈子さまのこのご様子を見て、帰れるわけがないでしょ。

——見えてないだろう。この女、案外、役者で、嘆くふりをしてぺろりと舌を出しているかもしれんぞ。

見えていないから、わかるの。あたしに芝居は通じないって、あんたが一番よく知っているでしょ。なまじ晴眼《せいがん》であるから、目が見えるから、人は容易《たやす》く騙《だま》されるんだって、あんた、前に言ってたじゃないの。

――おれではない。爺さまだ。爺さまは、何の考拠もなく頭に浮かんだことを口にする。酔ったときは、さらにな。で、翌日には自分の口にしたことなど、きれいさっぱり忘れている。いつもそうだ。それこそ、よく知っているはずだがな。

先生……。確かに、そうかもしれないけど……。いえ、ともかく、燈子さまはあたしを謀《たばか》ろうなんてしてないわ。本気で縋っておられるのよ。

――本気だったら、どうだというのだ。何が変わる？　おまえは腹切りの手助けなんて、したくないのだろう。しかし、この女はそれを望んでいる。泣こうが喚《わめ》こうが、そこのところは変わらんだろう。居丈高《いたけだか》に命じるか、弱さをさらけ出して縋ってくるかの違いだけだ。その違いが肝要なのだ。本心も本意も隠し威を張って命じるか、何も鎧《よろ》わず真剣に縋ってくるか。天地ほどの開きがある。

燈子は必死なのだ。武家の体裁をかなぐり捨てるほど必死なのだ。だとしたら、振りほどくわけにはいかない。このまま、去ることはできない。何が変わるかわからないけれど、少なくとも燈子自身は変わった。決壊し、崩れていく。

十丸がひょいと肩を竦め、その場に座り込む。

お梅は、燈子の腕をゆっくりと撫《な》で続けた。肩から手首まで、手首から肩まで、何度も指を滑らせる。香の香りが乱れ、微《かす》かな異臭を嗅いだ。束の間で消えたけれど、お梅には馴染みの臭いだった。

「燈子さま、ずい分と凝っておられます」

「え？」

「ご当主さまのお身体がどのようなものか、わかりかねますが、燈子さまは間違いなく、ひどく凝っておいでになります」

「わたしが……」

「そうです。お気づきになりませんでしたか」

「それは……いえ、わたしのことなど、どうでもいいのです」

「よくありません」

強く、言い切る。燈子の腕がひくりと震えた。

誰であれ、身体は凝りが進むと血の巡り、気の巡りが滞りやすくなる。滞ってしまえば、人は生きてはいられない。その手前、辛うじて流れてさえいれば何とか命は保てる。ただ、諸々の不調に襲われるのは避け難い。

頭風《ずふう》、吐き気、痛み、怠《だる》さ、眩暈《めまい》、息苦しさ、強張《こわば》り、冷え、痺れ。気は散じ、何事にも心が向かなくなる。床から起き上がれず、食気は失せ、嫌な汗が滲《にじ》み出る。他人と接するのが億《おっ》劫《くう》を通り越して苦痛になる。己を抑えきれなくなり、怒りや悲しみなどの負の情ばかりがあふれ出す。未来に思いを馳《は》せることができず、全ての望みを絶たれた気にさえなる。鬱々《うつうつ》として日々を過ごし、晴れた空も咲き誇る花々も美しいとは思えず、柔らかな風も労《いた》わりの言葉も優しいとは感じられなくなる。

人によって様々ではあるが、必ず何らかの変調をきたす。そして、異臭を放つようになる。それをどう表せばいいのか、言葉が見つからない。腐臭に似ている。饐《す》えた臭いに近い。汗と土の香りが入り混じっているようで、青臭さも底から立ち上ってくる。そのくせ、微かな甘さも含む。なんとも言いようのない、得体のしれない臭いなのだ。しかし、凝り固まった心身は濃淡の差はあれ、この異臭を放っている。いつもではない。束の間、お梅の鼻に突き刺さってくるだけだ。燈子からも臭った。なにより、指先に人の肉の柔らかさが伝わってこないのだ。それほどに固まっている。

辛いはずだ。苦しいはずだ。耐え難いはずだ。どうでもいいわけがない。

「こんなに凝っていては、息をするのもままならぬではありませんか」

「わたしのことより、和左之介どののことを頼んでおるのです。それをどうして、あっ」

燈子の声が歪《ゆが》む。お梅が首の付け根を強く摘まんだからだ。

「痛い。何を……梅どの、離して」

「暫《しばら》くご辛抱ください。このまま、ゆっくり五つ数えます。一つ、二つ、三つ、四つ、五つ」

指を離す。燈子の身体から力が抜けた。「まぁ」と吐息に近い声が漏れる。

「温かい。首から指先まで湯が流れているようです」

「首、腕、足。それぞれの付け根には澱《おり》が溜まりやすいのです」

「澱、とな。それは、川の淀《よど》みに溜まっている滓《かす》のようなものですか」

「あ、えっと、はい。そうかと思います。わたしも、まだ触《さわ》ったことはございません」

――当たり前だ。人の身の内にある澱に触れられる者など、いるものか。

十丸がからかいの口調で割り込んできた。今日は、やたら容喙《ようかい》してくる。お梅は、わざと聞こえぬ振りをした。十丸の口より燈子の身体の方が気になる。

「でも、滓というのは当たっておりましょう。小さな滓や塵《ちり》も集まれば淀みを作り、川の流れを邪魔します。人の身体も同じ。澱が溜まり、血の巡りを阻《はば》むのです。燈子さま、指先がとても冷とうございますね。まるで、氷のようではありませんか。支えていただいたときから、ずっと気になっておりました」

燈子が身動ぎした。指を握り込んだのだろう。

「指先まで血が巡っていないのです。でも、いつもより少しはましになっておりませんか」

「言われてみれば……まあ、温かい。ほんとに、温かいわ」

燈子の声音《こわね》が不意に若返る。空に虹を見つけた子どものように、驚きと明るさに彩《いろど》られる。

これが、この方の本来のご気性ではないのかしら。

明るく、身の回りの些細《ささい》な出来事を楽しめる。

燈子が息を吸い込んだ。そして、吐く。

「これも、そなたの技なのか。まるで手妻《てづま》のようじゃ」

「手妻ではございません。血の流れを少しの間止め、一気に流す。その勢いで溜まっていた澱も押し流す。あ、いえ、綺麗に流れたわけではありません。凝りが取れたわけでもありません。ですから、あの……」

「すぐに元に戻ってしまうと？」

「はい。仰せの通りです。凝りそのものが解《ほぐ》れないと、すぐに淀み、血の巡りを悪くさせ、巡りが悪くなれば澱が溜まり、さらに血は流れず凝りは強くなります」

「まるで無間《むげん》地獄ではありませんか。何と、恐ろしいこと。どこかで、断ち切らねば人の身体は蝕《むしば》まれていくばかりなのですね」

「はい」

「断ち切る役目をそなたは負うているのでしょうか」

お梅は顔を上げ、「わかりません」と答えた。童《わらべ》のような答え方だが、本音だ。自分に何がどこまでできるのか。正直、見当がつかない。ただ、能《あた》う限りのところまで進みたいとは望む。無間地獄と燈子は言った。凝りに苦しみ、痛みに呻《うめ》く人々にとって大袈裟ではない言い表しではないか。地獄から救い出すなど、人の身で叶うはずもない。けれど、一刻でも苦しみ、痛みを和らげることなら、できるかもしれない。その一刻を寸の間でも延ばしたい。

「和左之介どのの辛さは、わたしなどよりずっと、ずっと大きく……深いのです」

燈子の声がみるみる老いていく。

「だから、楽にしてやっておくれ。死を迎えるまで、一日でも半日でも、いいえ、一刻《いっとき》だけであっても何の苦痛もない身体を取り戻してやって欲しいのです」

「燈子さま」

「できれば、庭を歩けるように、茶を飲めるように、景色を眺められるように……生きていると心底から感じられるように……梅どの、頼みまする」

燈子の手を取る。本心をさらした女の眼差しが、見えないけれど見える。頬《ほお》を伝う涙も、乱れた鬢《びん》の毛も、震える頤《おとがい》も見える気がする。

「それが、燈子さまの本当のお気持ちなのですね」

「……ええ」

「それだけですか？　お心にある想いは、それだけなのですか」

ひくり。燈子の指が動いた。

「本当のことをお聞かせください。燈子さまが秘していたお気持ちをわたしに、お聞かせください。それが一歩となります」

「一歩……療治のための一歩ですか」

「現《うつつ》を変える一歩です」

燈子が息を呑む。十丸がもたれていた壁から背を起こした。

——お梅、何を言っている。つまらぬことを考えるなよ。

今度も聞こえぬ振りをする。振りをしていると十丸が見抜いているとは、承知の上だ。

「現を変えるとは……わたしには、そなたの申していることが解せぬが」

「燈子さま、現は変えられるのです。万に一つ、百万、千万に一つの割合かもしれません。でも、無ではないのです。諦めず、投げ出さなければ道は見つかるかもしれません」

「現を変える道が見つかると……」

「そうです。でも、畏れながら燈子さまのように凝り固まった心身では、その道を見つけるのは至難かと存じます」

「まっ、そなた、本当に遠慮のない性質《たち》ですね。些《いささ》か口が過ぎませぬか」

そうは言ったが、燈子の物言いに咎《とが》める調子はなかった。

「お許しください。けれど、燈子さまだけではないのです。人は強張ってしまうと、未来を見据えることも、新たな道を見つけることも難しくなります。思案が回らなくなるのです。悲嘆にくれ、未来はないと信じ込み、望みを絶たれたと感じてしまいます。でも、違うのです。思い込みも諦めも捨てて、柔らかくしなやかに考え、動けば、道が開けてくる。そういうことも、あるのです」

十丸が、長い吐息を漏らした。それだけで、もう何も言わなかった。口をつぐんで、目を閉じている。拗《す》ねているようでも呆れているようでもあった。

「道が開けぬまま終わる。そういうこともありますね。むしろ、そちらの方が多いでしょう」

燈子が呟く。お梅は首肯《しゅうこう》する。ここで誤魔化しを口にするほど愚かではない。

「ずっと多いと思います」

「でも、変えられる道も無ではない。そう言いましたね」

「申しました」

燈子が黙り込む。静寂がお梅を包んだ。居住まいを正し、微かな息の音に耳を凝らす。その息が乱れた。ほんの僅か揺らいだのだ。

「死んでいただきたくないのです」

さらに老いた声が辛うじて届いてくる。お梅でさえ聞き逃しそうだった。それほど掠《かす》れて、低く重い。

「わたしは、和左之介どのにお腹を召してほしくない。もっと、もっと生きてほしくて……この先、十年も二十年も生きてもらいたい。それが偽らざる気持ちです。梅どの」

「はい」

「あの子はまだ十七です。昨年、元服を済ませたばかりなのです」

返答ができなかった。久能和左之介について、お梅はほとんど何も知らない。ほとんど何も知らされていないのだから当たり前だ。ただ、当主と呼ばれているからには、それ相応の年齢なのだろうと勝手に考えていた。燈子とそう違わぬ壮齢の武士。そう思い込んでいた。

まさか、十七とは。

「同い年だわ」

驚いたからか、ほろりと一言が零《こぼ》れて落ちた。

「そなたも十七なのですね。そう……同じなのですか。若い、本当に若い」

燈子の語尾が震えた。嗚咽《おえつ》が漏れる。それは一筋の赤紫の糸になり、お梅に絡《から》まってくる。

「死んでほしくない。生きていてもらいたい。代われるものなら代わりたい。あの子をこんな形で失いたくない、あまりに、あまりに不憫《ふびん》で……惨《むご》い」

嘆きの色に染められた糸が絡みつく。幻であるのに締め付けてくる力を感じる。この悲嘆、この末無い想い。これは……。

違和《いわ》が、あるかなしかの小さな違和が心内を過《よぎ》る。それを、お梅はあえて抑え込んだ。今はあれこれ思い惑うのではなく、耳をそばだてるときだ。そう判じたからだ。

「ご当主さまのことをお聞かせくださいますか」

お梅は燈子の背にそっと触れる。やはり硬い。木の板を括《くく》り付けているようだ。板に紛う背中に手を置き、そっと押さえていく。ややあって、燈子が背筋を伸ばす。

「お話ししましょう。和左之介どのはわたしの……十六も齢の離れた弟です。母上は和左之介どのが物心も付かぬうちに病で亡くなりました。ですから、わたしが母の代わりに育てたのです。あぁ……ちょうど十七のころです。和左之介どのやそなたと同じ、ですね。わたしはどこにも嫁がず、弟のために生きてきました。それを悔いたことは一度もありません。己を憐《あわ》れんだことも、弟の犠牲になったつもりもないのです。母上がお亡くなりになって数年後、父上も身罷《みまか》られ、和左之介どのが久能家の家督《かとく》を継ぐことになりました。そして、昨年、元服の儀を終え、名実ともに久能家の当主となられたのです。後は家格の釣り合うお家より、よき花嫁を迎えれば、わたしの任はほぼ終わります。わたしなりに役目を果たせたのだと安堵《あんど》していた矢先でした」

燈子の話が途切れた。沈黙が圧《お》し掛かってくる。

お梅は黙した相手の膝に手を置いた。町人の身で許しもなく、武家の身体に触れるのは法度《はっと》だ。しかし、気にしてなどいられない。さっきだって、いきなり肩に触れた。燈子は拒まなかった。拒むゆとりがなかったのだ。今もないだろう。

ここは待つのではなく、前に出るときだ。

「矢先に何が起こりました。お教えくださいますか」

つい急《せ》いてしまう物言いを何とか御して、ゆっくりと尋ねる。

「それは……言わねばなりませぬか」

「いいえ、燈子さまがお嫌なら、無理に聞きたいとは思いません。でも、お気持ちも一緒に外に出せば、少しは楽におなりになると思います」

「はい。口は物を食べるために、息をするためにあります」

お梅は自分の口を指先で押さえてみせた。どんな形なのか色なのか、自分の目で確かめることはできない。でも、指で触れれば柔らかく押し返してくるし、「桃の花弁みたいなきれいな色をしているよ。ぷっくらして皺《しわ》もないし。若い証《あかし》だねえ」とお筆《ふで》が褒めてくれた唇《くちびる》だ。燈子のそれは乾ききっているのではないか。凝りは身体と心の潤《うるお》いを奪《うば》ってしまう。

「そして、内に溜まってしまったものを外に出してしまう働きもあるのです。はい、しゃべることです。心に留《とど》めておけば苦しいもの、嫌なもの、辛いもの、そんな悪しき諸々を声に出して、言葉にしてしゃべる。外に出せば、溜まりは小さくなります。ほんの僅かかもしれませんが縮むのです。だから、燈子さま、おしゃべりって大事なんですよ」

ここで、また、十丸が溜息を吐く。

――何を頓珍漢なことを。おまえ、武家の女と長屋のおかみさん連中を一緒にしておるぞ。一緒で構わない。身分がどうあっても、人は人だ。身体の作りにも心の有り様にも違いはない。それは、揉んでみればわかる。

どんな暮らしをしているか、どんな風に生きているかで凝りは変わってくる。けれど身分では変わらない。日々、張り詰めていれば身体は固まり、息抜きを上手《うま》くできれば解れる。燈子はそれができないのだろう。武家の形に囚《とら》われて、緩む手立てを忘れたのか。誰からも教わらなかったのか。

「おしゃべりなどと……そのような軽々しい真似、できるわけがない」

「軽々しい真似をすれば、心も軽くなるのです。いつも重々しく、格式張っていては持ち堪《こた》えられません。千切《ちぎ》れてしまいます。燈子さま、ときにはご自分を解き放してはいかがです」

また、長い沈黙のときが流れた。

――そういえば、この前、お筆《ふで》が水売りと話し込んでいたな。あの話……。

お筆さん？　お筆さんは、いつだってしゃべってるじゃない。水売りの亀吉《かめきち》さんだって話し好きだし、顔を合わせたら四半刻はおしゃべりしているでしょ。

お筆は三日か四日に一度は、お梅の許《もと》をおとなう。お昌《まさ》も一緒のときもある。むろん、仕事の段取りや報告のためだ。水売りもだいたい二日ごとに回ってくるから、お筆と亀吉は顔見知りになり、気が合うのか、よく話し込んでいる。

十丸、何か気になることがあったの。

――まあな。水売りが仕入れてきた噂をお筆が熱心に聞いていたみたいだったが、確か……。

十丸が顔を上げる。眸《ひとみ》が横に動いた。燈子を見やったのだ。

――確か、どこかの女郎宿で刃傷沙汰《にんじょうざた》があったとか言ってたな。若い武士が馴染みの遊女を斬り殺したとか何とか……。

「斬り殺した」

我知らず、声を出していた。

燈子の気配が揺れた。大きく揺れた。

「梅どの」。呻くように呼ばれ、お梅は身体に力を込めた。

五　理と情

「松井町《まついちょう》での一件、知っておるのですか」

燈子《とうこ》の声音《こわね》が硬い。痛みを堪《こら》え、呻《うめ》いている。そんな声だ。

「松井町？　あ、いえ存じません。ただ、その……噂話を思い出したものですから……」

「噂とは、どのようなものです」

声がさらに硬くなる。表情も強張《こわば》っていると、察せられた。

「それは、あの……詳しくはわからなくて、えっと、あの」

——女郎宿での刃傷沙汰《にんじょうざた》だ。若い武士が遊女を殺した。はっきり言えばよかろう。言っていいものかどうか、迷う。もしかしたら、もしかしたらだけれど、その若い武士とやらが、燈子の弟であるかもしれない。久能和左之介《くのうかずさのすけ》であるかもしれないのだ。

「あの一件は、和左之介どのとは関わりない」

燈子が言い捨てた。語尾が揺れる。不安や怯《おび》えのせいではなく、怒りのためだ。燈子は抑えかねる怒りをそれでも抑えようと力を振り絞《しぼ》っていた。

「遊ぶ金が尽《つ》きて、懇《ねんご》ろになった遊女の許《もと》に通えなくなった者が自棄《やけ》になったのか、分別を忘れたのか遊女を斬り捨て、自分も腹を切ろうとして果たせなかった。そういう次第です」

「あ、はぁ、そうなのですか」

我ながら、間の抜けた返答をしていた。十丸《とおまる》が鼻の先で嗤《わら》う。

――ふふん。なるほどね。金の切れ目が縁の切れ目ってやつか。武士だろうと町人だろうと、金がなくて客になれない男など、遊女からすれば用無しでしかあるまいな。別れを切り出されても仕方ないわけだ。

ちょっと、十丸。嫌味な言い方、止《や》めて。

――嫌味？　事実をそのまま口にしているだけではないか。世間の絡繰《からく》りも、遊女の生き方も知らぬ、つまり大人になり切れなかったやつが、とんでもない不始末を仕出かした。そういうことだろうが。

おそらく、そういう顛末《てんまつ》だ。十丸の言ったことは事実と大きく、ずれてはいまい。ただ、お梅《うめ》が気に掛かっているのは、その事件と久能家の姉弟が繋《つな》がっているのか、いないのか、その一点だった。正直、お梅には推し量れない。はっきりとわかっているのは、燈子も和左之介もぎりぎりの所まで追い込まれていることだけだ。こうしている間にも、和左之介の切腹の刻《とき》は、じりじり迫っている。

どうにもできない。お梅の力では、過ぎていく刻を押し返すことはむろん、押し止《とど》めることもできない。できるとすれば、限られた中に少しでも和《やわ》らぐ間《ま》を作る。それぐらいだった。

それぐらいだけれど、それさえ難しい。

燈子が身動《みじろ》ぎした。それから、囁《ささや》く。

「軽々しい真似をすれば、心も軽くなる。それは真《まこと》でしょうか」

微《かす》かな、微かな囁きだ。吐息《といき》と大差ない。

「真です。少なくとも、わたしはそう信じております」

鎧《よろ》うてばかりでは重くてたまらない。ときに、脱ぎ捨て軽やかに息をする。人には入り用だ。人として生きていくために、己を保つために、幸せを感じるために入り用なのだ。

「何と聡《さと》い耳だこと」

燈子は息を吐き、「梅どの」ともう一度、呼んだ。先刻の呻きに似た軋《きし》みはない。

「本当に想いのままに語ってよいものでしょうか」

「よろしいですとも」

お梅は、はっきりと言い切る。それから、小さくかぶりを振った。

「いえ、むしろ、想いに沿ってお語りください。お気持ちを外に出していただきたいのです」

「さすれば、楽になると?」

もう一度、首を横に振る。燈子の眼差《まなざ》しを感じた。真正面からぶつかってくる。

「楽になると明言はできません。どれほど、しゃべっても燈子さまの抱えておられる困難や懸念が消えることはないのです。でも、先刻申し上げた通り、身の内の溜《た》まりは僅《わず》かでも外に流れ出て行くかもしれません。あの、燈子さま、余談かもしれませんが揉《も》み解《ほぐ》した後って、大抵の人がおしゃべりになるんです」

「えっ？」。燈子が首を傾《かし》げる様子が見える。見えないけれど、見える。伝わってくる。

「それは、どういうことです」

問うてきた声には好奇の心が滲《にじ》んでいた。

燈子さまって本当はとても知りたがり屋なのだわ。未知のものに心惹かれるお方なのだわ。

改めて思う。努めて明るく、お梅は語った。

「身体《からだ》が解れますでしょう。そうすれば、息の通りが楽になります。それと同じく気持ちも解れて、それまで抑え込んでいたもの、溜め込んでいたものが出てくるみたいなのです。あっ、みんながみんなとは言いません。でも、多くの人が揉む前よりずっと饒舌《じょうぜつ》になるんです。揉んでいる最中から、おしゃべりが止まらなくなる方もいます」

「まぁ、そんなことが……。それで、どんな話をするのです」

「それは、様々です。百人の方が百人、違う話をなさいますから。大半が他愛ないものです。昔、隣の家の柿の木に登って実を盗んだことがあるとか、それが見つかって親に納戸に閉じ込められたとか、駆け出しの役者に相当の肩入れをしているとか、祝言《しゅうげん》を挙げる前に亡くなった許嫁《いいなずけ》が未《いま》だに忘れられないとか、そんな類《たぐい》です。でも中には……」

「中には？」

「思わず耳を塞《ふさ》ぎたくなるものもありました。ほんの僅かですが、ありました」

「まぁ、どのような」

燈子は唾《つば》を呑み込んだようだ。

「でも、あまり気持ちの良い話ではありませんが、よろしいですか」

「構いませぬ」

「はい。では……あの、一人は名の知れた大店《おおだな》のお内儀《かみ》さんでしたが、『憎くてたまらない相手がいる。できるなら丑《うし》の刻参りでもして呪い殺してやりたい』と、はっきり告げられました。お内儀さんは、おそらく口にしただけ、憎いと思っただけでしょうが。さるご老人は、身体を揉んでいるときに昔、人を手に掛けたことがある、それも一人や二人ではないのだと、仰《おっしゃ》いました。そして、このところ、この手で殺した者たちが夢枕に立つのだが、お迎えが近い証《あかし》だろうなとも、ぼそりと独り言のように呟《つぶや》かれました。他にもいろいろとございます」

燈子が息を吸い込む。

「まぁ、それは真のことなのか」

「わかりません。でも、聴いた限りでは偽りのようにも思えませんでした。真のこと、真の気持ちであったと、わたしは信じております。お二人とも話す気などなかったのに、どうしてしゃべってしまったのかと驚きも戸惑いもされておりましたから」

「それは芝居かもしれぬでしょう。嘘を取り繕《つくろ》うための芝居ではないのか」

「燈子さま、芝居に騙《だま》されるのは芝居を見ることのできる者だけ。わたしは見ることはできません。ですから、騙されることはないのです。眼つき、顔つき、振る舞いは誤魔化せても、物言いや動きに潜《ひそ》む気配は誤魔化せませんから」

その気配のことごとくを感じ取れるとは、さすがに口にできない。読み違えることも、ままある。しかし、お内儀と老人は偽ってはいない。そう信じられた。あのとき、お梅が感じ捉えたことは信じられるのだ。

その後、お内儀が憎い相手をどうしたのか、呪詛《じゅそ》さえ望む心とどう折り合いをつけたのか、お梅には察せられない。老人は亡くなった。一月《ひとつき》ほど寝付いた後の穏やかな最期《さいご》だったと聞いた。二人の身体を思い出しながら、お梅は続ける。

「お内儀さんやご老人だけでなく胸内を語った方々は、語った後、妙にすっきりした物言いになるのです。おそらくお顔もそうなのでしょう。憑《つ》き物が落ちたみたいな、余分なものがないようなお顔になっているのではと、わたしは想像してしまうのです。燈子さま、おもしろいのは……おもしろいというのはちょっと違うかもしれませんが……実は、他言してくれるなと、わたしに口止めされた方は一人もいらっしゃらないのです。むろん、お客の密事を、その方とわかるような言い方で口外することは揉み師としてご法度《はっと》です。決して、やってはならないことなのです」

――ぎりぎりだな。

十丸が口笛を吹く。

――それ以上しゃべれば、揉み師の法度に触れるやもしれんぞ、お梅。

わかってます、もうしゃべらないわ。

些《いささ》かしゃべり過ぎた。ここまでだ。後は燈子が身の内の溜まりをどうするか、だ。凝り固まった心身をどうしたいと望むかだ。

燈子が黙り込む。ややあって、また、囁きが耳に届いた。

「真のこと、真の気持ち……」

一瞬乱れた気息が整っていく。落ち着いた口調で、燈子は話し始めた。

「梅どの。松井町の一件の他にも若輩《じゃくはい》の武士による、よろしくない事件がかなりの数、起こっておることをご存じですか」

「いえ、存じ上げておりません。それは市中でのことですか」

「そう。松井町と同じ、遊女屋や料理屋で起こったものです。巷《ちまた》に広がらぬよう揉み消した件もかなりありますからね。人の口に上らなければ、知らないのも当たり前かもしれません」

広がらぬよう揉み消した？　それはつまり、揉み消せるだけの力が動いたということか。江戸の人々の口を塞いでおくのは難儀だ。城の中、屋敷内の出来事なら隠しも誤魔化しもできるかもしれないが、市中、とりわけ遊興の場でのごたごたなら、恰好の噂の素になる。江戸雀《えどすずめ》が放っておくわけがない。尾鰭《おひれ》を付け、背鰭《せびれ》を付け、おもしろおかしく触れて回る。事件の中身に拠《よ》れば、読売《よみうり》で騒がれもしよう。それをなかったことにしてしまえる。とすれば、相当の力業だ。一介の武家にできることではない。

「わたしが知っているものだけでも四件あります。一つ目は、酔った勢いで酌婦《しゃくふ》を殴り大怪我《けが》をさせたもの。二つ目は数人で女を襲《おそ》い手籠《てご》めにしようとしたもの。三つ目は、松井町と同じく遊女を斬り捨てたものです。そして四つ目が松井町の一件」

「まぁ、何と……」

知らなかった。そんな狼藉《ろうぜき》があちこちで起こされていたのか。

若輩の一言では片付けられない未熟さ、愚《おろ》かさではないか。

「しかも、どの事件を起こしたのも、上士の家柄の息男たちなのです。松井町の騒動も、かなりのお家のご子息でした」

──ふーん、かなりの家の倅《せがれ》が遊女遊びに現《うつつ》を抜かした挙句、刃傷沙汰を起こしたわけか。

おおかた、親が甘やかし放題にしてきた息子の乱行に堪忍袋《かんにんぶくろ》の緒が切れたってとこだろうな。

それで、金を好きに使えなくなった男に遊女が愛想を尽かしたって顛末か。

十丸。あんた、おもしろがってるの。

──おもしろくはないな。ただ、これまで騒ぎを起こしたやつらは、身分に守られて悪行も愚行《ぐこう》も揉み消してもらえた。町方の女、それも遊女だの酌婦だのが相手だ。力と金があれば何とでもなったのだろうな。ところが、今回はそうはいかなかった。

十丸が眼を眇《すが》め、お梅を見やる。

――なぜだ？　なぜ、久能和左之介は切腹を申し渡された？　何をやらかしたんだ。

十丸の眼差しを受け止める。凪などないはずなのに、束ねた髪の先が微かに揺れていた。盲《めし》いることで、光を失うことで手に入れた世界はどんなときでも静かだ。

お梅は頷《うなず》き、見えぬ眼を現《うつつ》の世の女に向け、名を呼んだ。

「燈子さま、ご当主さまに下りたご切腹の沙汰、それは何ゆえにございますか」

返答はない。燈子の気配が一気に強張った。

揉み消すことができない。和左之介は、それほどの大事を犯《おか》したのか。松井町の遊女殺しを上回るほどの……。しかし、噂は聞こえてこない。お梅は世間の取り沙汰には疎《うと》いけれど、それでも、お筆《ふで》があれこれと伝えてはくれる。お筆は客商売だし、話し好き、世話好きでもあったから耳は早い。それをときたま、お梅に伝えてくれるのだ。

「みせしめです」

「は？」

みせしめ？　燈子が絞り出すように放った一言。その意味を解するまでに、瞬《まばた》き一つ分の間がいった。解した後も言葉が出てこない。代わりのように、背中に冷たい汗が滲んだ。

「梅どの、聞いてくだされ」

燈子の声音は元に戻っていた。硬く冷たいけれど、乱れてはいない。

「和左之介どのは、さる女と相対死《あいたいじ》にをされようとなさいました」

「相対死に……」

不穏を孕《はら》んだ一言一言が続く。

「相手は女郎宿の女。つまり遊女でした。その女と一夜を過ごし、その後、共に死のうと……したのです。でも、上手《うま》くいきませんでした。和左之介どのは女を殺し、その後、お腹を召すおつもりだったようです。けれど、いざというときに宿の者が駆け込んできて、和左之介どのは取り押さえられてしまいました」

「それでは、お二人とも無事だったのですね」

「二人とは？」

「あ……ご当主さまとお相手の女の方です」

燈子の声音がさらに硬く、さらに冷えていく。

「梅どの、それはあまりに無礼でありましょう。久能家の当主と遊び女《め》を同じに扱うなど、許されませぬ」

「あ、はぁ……しかし、人は人でございますから」

許すも許さないも、二人とも人間ではないか。身分は違う。境涯《きょうがい》も違う。けれど同じ人だ。人であることに一分の違いもない。

「ご当主さまも女の方も、死なずに済んだのですね」

力を込め、重ねて尋ねる。

「……死んだ者はおりませぬ。共に死ぬと言い交わしておきながら、白刃を見たとたん女が声を上げたのです。『助けて』と叫んだのか、『嫌だ』と喚《わめ》いたのか知りませぬが、屈強な男たち数人が座敷に入ってきて、和左之介どのに無礼を……」

無礼というのは、つまり、刀を取り上げ組み伏せたということだろう。

「その際、和左之介どのは抗《あらが》われました。当たり前です。町人風情が武士に無体を働くとは、許し難いことではありませぬか」

ここでも許し難いのか。

ため息を吐《つ》きそうになった。

和左之介がどれほどの腕前か知る由《よし》もないが、真剣を手に立ち回ったのは事実だ。おそらく尋常な思案を失っていただろう。そういう者を取り押さえるために、宿の男たちがこぶしを使った。殴り、蹴り、押さえつけた。褒《ほ》められるものではないが、詰《なじ》られる筋合いでもないだろう。燈子だとて解しているだろう。解せぬほど愚かな人ではない。しかし、解していることと許せること、認めることとは、また別なのだ。それが、理《ことわり》で割り切れない情というものだろうか。理と情に引き裂《さ》かれ、呻き、足掻《あが》く者たちをお梅は知っている。何人もだ。燈子が武家の身に拘《こだわ》るのは、その呻きを足掻きを隠し通すためかもしれない。

「和左之介どのは、お怪我を負われました。いいえ、腕が動かぬのはお怪我が因《もと》ではありませぬ。医者は骨を含め、腕や肩には障りがないと診立《みた》てましたから。ですが、和左之介どのは身体中の骨も肉も砕かれたように力が入らず、痛みを訴え続けておられるのです。切腹を言い渡された日、『この腕が思うようにならぬままなら、いっそ姉上に腹を裂いていただこう。さすれば、この痛みからも数々の辱《はずかし》めからも解き放たれる』とも仰《おお》せになって……」

「でも、どなたも死んだりなさらなかったのでしょう」

「ええ、女も含め命を落とした者はおりませんでした。和左之介どのの他、大きな怪我を負うた者もいなかったはずです」

「それならば、なぜ、切腹のご沙汰などがくだされたのです。さっき、〝みせしめ〟と仰いましたが、みせしめとはいったい……」

息を呑《の》み込んでいた。呑み込んだ息が喉《のど》の奥で膨らむ気がした。

「そう、わかりましたか」

燈子が皮肉な笑みを浮かべたのか、泣き笑いの表情になっているのか、怒りを抑えようと指を握り込んでいるのか、お梅には捉えられない。ただ、気配が揺れ動いていることは肌に伝わってきた。

「武家の子息の乱行が相次いだことに、ご公儀《こうぎ》はその乱れを取り締まるべく、和左之介どのに切腹を命じられたのです。もっと重い罪を犯した者は大勢いたのに、その者たちの咎《とが》まで和左之介どのに一身に背負わせ、みせしめとして処そうと考えたのです」

「なぜです。どうして、ご当主さまだけが背負わねばならぬのですか」

暫《しばら》くの沈黙の後、燈子は告げた。

「……弱いからです」

弱い？　弱いとは剣の腕のことか、気性のことなのか。

「久能家の先代当主、わたしの父は和左之介どのが五つの年に亡くなりました」

燈子はゆっくりと、しかし淀むことなく続けた。

「和左之介どのが元服なされ、晴れて当主の座に就かれますまで、久能家がご公儀よりお役目をいただくことはありませんでした。いえ、元服の後も、代々久能家が担ってきた小納戸頭取《こなんどとうどり》のお役目に戻ることはできませんでした。それに比べ他のお家は……」

話を聴いているうちに、怒りが込み上げてきた。お梅にも、やっと事の次第が摑《つか》めたのだ。

要は高い役職に就き、力と財のある家々の者は守られたわけだ。人を殴っても、襲っても、斬り殺しても裁きから逃れられ、十日なのか一月なのか決められた日数、謹慎してお終《しま》いになった。後は何食わぬ顔で通りをうろつき、酒を飲み、料理を食し、己の罪など忘れ去って生きていく。しかし、久能和左之介は逃れられなかった。家の力が弱かったから……。

「そんな……」

あまりに理不尽だ。筋が通らない。

心内の声が口をついて、飛び出す。

「理不尽です。筋が通りません。ご公儀がそんな無茶なお裁きを下してよろしいのですか」

よいわけがない。

「ご当主さまに何の罪もないとは申し上げられません。けれど、ご切腹はあまりに重すぎます。せめて、せめて……」

せめて、なんだろう。蟄居《ちっきょ》とか改易《かいえき》とかだろうか。

町人ならば、日本橋高札場《にほんばしこうさつば》の向かいに三日間晒《さら》されると聞いた覚えがある。が、武家にどんな刑罰が科せられるのか知らない。

同じように人を殺《あや》めても、傷付けても、盗みに手を染めても、武家と町人では裁きの有り様も刑罰も違ってくる。武家には武家の従わねばならない法度があるのだ。それでもやはり、久能和左之介に下された沙汰は厳し過ぎる。まして、その沙汰の裏に〝みせしめ〟のためとする意図が張り付いていたとすれば、さらに、そこに家格や家の力とやらが働いていたとしたら、ひど過ぎる。あまりに歪《ゆが》み過ぎている。これがご政道《せいどう》だというのなら、道そのものが曲がっているではないか。曲がった道の行き先には奈落しかないではないか。

「燈子さま、なりません。これは、あってはならないことです」

知らぬ間に立ち上がっていた。燈子の眼差しが下から、ぶつかってくる。

「ご当主さまは相対死にをされておらぬのでしょう。その手前で止められたのでしょう。誰も死にはしなかったのでしょう。ならば、ご当主さまがお腹を召される謂《いわ》れはございません」

燈子が息を吐く音がした。

「遊女との相対死にを企《くわだ》て、それを阻《はば》まれ町人に縄まで掛けられた。武士としてあるまじき醜態《しゅうたい》をさらした罪は重く、切腹に値する。そうお沙汰が下ったのです。わたしたちに何ができましょう。甘んじて受けるより他に何が……できましょう。この上は、和左之介どのに武士としての見事な最期を遂《と》げていただく。この恥辱《ちじょく》を晴らしていただく。それが、久能家の名を辱めぬただ一つの方法です」

「燈子さま、でも……」

ここでも、お梅は口をつぐんだ。

燈子さま、でも、久能のお家そのものも途切れるのではありませんか。

そんな一言を呑み込んだのだ。

和左之介が果てれば、跡継ぎはいない。久能家は柱を失い崩れていくしかないのだ。まして、遊女と騒動を起こした末の切腹となれば、家の再興はまず望めない。名を辱めるも何もない。弟の自害が間近に迫っているのに、弟の死と共に家も絶たれるとわかっているのに、それでも家の名に拘る。燈子の思案も生き方も、お梅には解せなかった。

変だとは思う。土台からずれているとしか思えない。

ふわっ。十丸が欠伸《あくび》を漏らした。

――もう、いいではないか。和左之介とやらは死にたかったのだろう。ならば、腹を切ろうが、首を括《くく》ろうが好きにさせてやればいい。おまえがお節介を焼くことはなかろう。

死にたかった？　まさか。

――どうして、まさかだ。遊女と心中するつもりだったのだろう。死にたくない者が、そんな真似をするものか。和左之介は生きることに未練はなかった。違うか？

違わないかもしれない。でも、違っている。何か違っている。

お梅は奥歯を噛《か》み締めた。

このままじゃ駄目だ。違ったままにしておいては、いけない。

――おい、お梅。おまえ、何を考えている。これ以上、首を突っ込むのはよせ。

十丸が珍しく、慌《あわ》てた素振りを見せる。腰を浮かし、戒《いまし》めるように眉を顰めた。

「燈子さま、燈子さまのご本心はどこにあります」

十丸からあえて目を逸《そ》らし、燈子に問いかける。問いかけながら、答えを待たず畳みかけていた。焦《あせ》りと苛立《いらだ》ちが渦巻《うずま》いている。渦の底には怒りがうずくまっている。

「燈子さまは先刻、ご当主さまを不憫《ふびん》だと仰いました。お腹を召すのではなく、もっと生きてほしいと、それが偽らざる気持ちだと仰いました」

「ええ、そう申しました。あたら若い命を散らさねばならぬとは。あまりに不憫ではありませんか。わたしだとて、和左之介どのの先の姿を見届けたかった。でも、それはもう叶《かな》いませぬ。

叶わぬ望みとなりました」

「叶う道をお探しになればいいのです」

燈子の気配が揺れる。眼差しが戸惑うように震えた。

「探すとはどういう意味です。わたしには、そなたの言うことが解せませぬ」

「お逃げになればよろしい。そういう意味で申し上げました」

「逃げる？　え……いや、やはり解せませぬ」

「逃げるのです。ご当主さまと江戸を離れるのです」

「まっ」と言ったきり、燈子が固まった。瞬きもせずに見詰めてくる視線を感じた。

「何を馬鹿なことを……。そんなことをすれば、久能家は江戸中の笑いものになってしまいます。できるわけがありません。梅どの、そなたにはわからぬかもしれませんが、武家には武家の生き方があるのです。恥を知り、恥を恐れ、恥を雪《すす》ぐために身命を賭《と》する。そういう生き方です。町方の者とは異なるのですよ」

「では、燈子さま」

立ったまま、燈子を見据《みす》える。閉じた眸《ひとみ》を武家の女に向ける。

「ご当主さま亡き後、どうなされるおつもりなのですか。どう生きるおつもりなのですか」

あるいは、どう死ぬつもりなのか。

「そのようなこと、答える気はない」

燈子も立ち上がる。微かな風と香の香りを感じた。

「そなたの言う、心の内の溜まりを吐き出すとは、身の程知らずの無礼な問いにも答えろと、そういうことなのか。それなら、もう少し分際を弁《わきま》えるがよい」

お梅は心持ち、顎《あご》を上げた。

「燈子さま、まいりましょう。わたしをお連れ下さい」

「え、どこにです」

「ご当主さまのお傍《そば》にです」

さらに顎を上げる。半歩、燈子に近づく。息がかかるほど間近に寄る。

「わたしが、ご当主さまをおもみいたします。お連れ下さい。さっ、十丸、お願い」

差し出したお梅の手に十丸が引き綱を渡した。

「……こちらへ」

燈子が歩き出す。十丸も歩き出す。引き綱を強く握り、お梅も足を前に出した。

六　人の証

やはり、廊下の冷たさが足裏に染みてくる。

それはお梅《うめ》の脚を這《は》い上り、身体《からだ》の芯《しん》まで届く冷えだった。ここを歩くだけで、身体は凝り固まっていくのではないか。

お梅は唇《くちびる》を噛み締めた。

燈子《とうこ》は何も言わない。お梅の前を無言で歩いている。気配すら押し殺しているようで、何も伝わってこない。ただ、時折、小さな吐息が聞こえた。耐《た》えられずに漏《も》れてしまった。そんな息の音だ。ほんの一時、密《ひそ》やかに吐き出され、消えていく。

緩《ゆる》むということがないのだろうか。

お梅は考える。

このお方は、緩むということがないのかしら、緩みたいとは望まないのかしら。お若いときからずっと、こうやって張り詰めて生きてこられたのかしら。

緩み方を知らない？

――お梅。ぼんやりするな。

十丸《とおまる》が横目で見てくる。睨《にら》んではいない。それほど険《けわ》しい眼つきではなかった。ただ、口元は少し歪《ゆが》んでいる。機嫌がいいとはお世辞にも言えない顔つきだ。もっとも、十丸が機嫌よかったり、陽気だったり、多弁だったりすることは滅多にないのだが。

お梅は顎《あご》を上げ、言い返す。

ぼんやりなんかしてないわ。ちゃんと真《ま》っ直《す》ぐに歩いてるじゃない。

――ふふん。真っ直ぐ歩けているのは、引き綱を持っているからではないか。おまえ、また、余計なことを考えていただろう。

余計なこと？　何よ、それ。

――とぼけるな。前にいる女がどんな生き方をしてきたのかなどと、どうでもいいことをあれこれ考えていた。図星だろうが。

図星だ。しかし、燈子の来し方に心を馳《は》せるのが余計だとは思わない。お梅には燈子の姿形を見ることは叶わない。十丸に対しているときのように、表情や眼つき、ちょっとした仕草から相手の心内を読み取ることはできないのだ。いや、晴眼《せいがん》であっても人が人の内にある情を過《あやま》たず知りえるのは至難だろう。むしろ、誤魔化せない気配を感じるお梅の方が、より正しく確かに情動を摑《つか》めるかもしれない。

摑めたから、それで何かを変えられるのか、誰かを救えるのかと問われたら返答に窮《きゅう》する。

変えられない、救えないことの方が多いのだ。人が人を変える。救う。容易《たやす》くできはしない。だから、心を馳せる。

巡り合った相手の来し方を行く末を思う。お梅は燈子と巡り合った。この広いお江戸で、身分も齢《とし》も違う二人が出会ったのだ。それを縁《えにし》と呼んで差し支えないだろう。

——言っておくがな。おまえは揉《も》み師として呼ばれた。だから、揉み師としての仕事をする。それだけだぞ。縁があるだの、関わり合っただの、そういう余計なことは考えるな。おまえの患者は燈子ではなかろうよ。

十丸の口調は冷ややかだ。それこそ、お梅の心内を見透かしている。

癪《しゃく》に障《さわ》る。しかし、十丸の言うことには道理が通っている……気がする。悔しいけれど。

お梅は揉み師だ。相手がどんな身分、どんな様子であろうとも身体を揉む。それを生業《なりわい》として生きてきた。これからも生きていく。燈子について思案するのが余計だとは露《つゆ》も思わないが、お梅の相手は燈子ではなく、これから逢う人物だ。

廊下を曲がる。

「燈子さま」と声がして、誰かがひざまずく気配がした。煮付けらしい甘い匂いと炊き立てのご飯の香りも微《かす》かに匂う。声の主は膳を手にしているようだ。

「殿の許《もと》にお越しでございますか」

聞き覚えがある声だった。

「稲村《いなむら》」と、燈子が名を呼んだ。そうだ、あの武士、稲村千早《ちはや》だ。しかし、一瞬、その声と稲村の名が結び付かなかった。お梅が小さな仕舞屋《しもたや》で耳にしたものは、もう少し起伏があった。情のうねりを感じ取れたのだ。今は、のっぺりしている。茹《ゆ》でた卵のようにつるりとして、へこみもでっぱりもない。そして、暗く沈んでいる。

疲れている？

情を掻《か》き立てられないほど疲れ果てたとき、人はこんなのっぺらぼうの口調になる。身体ではなく心が疲れ果てたときに、だ。

「和左之介《かずさのすけ》どのは、どのようなご様子じゃ」

「は……それが……」

「何も召し上がらぬままか」

「はい。何一つ……。お腕の痛みゆえに箸が持てぬと仰《おお》せでございました」

「そなたは和左之介どのの御側人《おそばにん》ではないか。箸が持てぬと仰せなら、そなたがお口元まで運んででも、お食べいただくのが役目であろうが」

「ははっ。お恐れながら、それがしもそのように申し上げましたものの、殿がそれはならぬ、膳を持ってすぐにさがれと命じられましてございます」

――馬鹿馬鹿しい。とんだ茶番だな。

十丸が吐き捨てる。

——切腹を目の前にして、飯など食う気になれるものか。よほどの胆力《たんりょく》があれば別だろうが、これまでの話を聞く限り、そんな豪傑《ごうけつ》とは程遠い男だろうよ。

十丸、止《や》めなさい。

十丸の罵詈《ばり》が燈子たちの耳に届くわけもなかったが、尖《とが》った言葉は不穏を呼ぶ。お梅は綱を握り締め、十丸を抑えようとした。

しかし、十丸は口を閉じない。

——だいたい、和左之介とやらの身にもなってやれ。切腹を迫られたうえに、家臣に飯を食べさせてもらえだと？　赤ん坊みたいに、病人みたいに、お口を開けて、よく嚙《か》んで、ごっくんと吞《の》み込みましょう、か。そんな恥ずかしい真似《まね》、できるものか。

ちょっと、十丸。もういいから、止めなさいってば。

綱をさらに強く握り締め、お梅はかぶりを振った。十丸があからさまに渋面を作る。

——お梅。おまえは呆《あき》れないのか。

呆れる？　何によ。

——こいつらにだ。頭の中も心内もカチカチに固まっている。武家であることより他に何も考えられない。考えようとしない。助けてほしいと縋《すが》りながら、死んでほしくないと口にしながら、とどのつまり、みんなで寄ってたかって十七の若者に腹を切らせようとしている。それが武家の死に方だと思い込んでいるからだ。呆れ果てる。武家だ武士だと騒ぐ前に、人としてどう生きればいいのか思案の矛先《ほこさき》を変えてみろと言いたいものだ。この屋敷の連中は揃《そろ》いも揃って頭の中には石ころが詰まっているらしい。

言い過ぎよ。少しは口を慎《つつし》みなさい。

一応、窘《たしな》めてはみたものの、十丸の言葉に深く頷《うなず》きそうになっていた。

でも、燈子さまは鎧《よろい》を脱ぎ捨てようとなさっていたはず。

僅《わず》かの間ではあったが、燈子は本心を晒《さら》した。十七歳の弟を死なせたくない、あまりに不憫《ふびん》だと泣いたのだ。けれど、今、燈子はまた鎧を着こんでしまったようだ。〝武家の生き方〟という鎧を身に着け、硬く強張《こわば》っている。

再び歩き出した燈子に従いながら、お梅は零《こぼ》れそうになったため息を何とか呑み込んだ。

足の裏がさらに冷えてくる。指の先が凍《こご》えて痛い。

新たな気配がぶつかってきた。今度は二つだ。二人の男が目の前に立っている。

「和左之介どのに用があります。ここをお開けなさい」

燈子が命じる。凜《りん》とした口調だった。

「先ほど、家人が膳を運んできたが、別用でござるかな」

低く濁《にご》った声が応じる。

――やけに眼つきの悪い男だ。鼻の横にでかい黒子《ほくろ》がある。狼《おおかみ》に化けそこなった狸《たぬき》というところかな。もう一人は、間抜け面《づら》だな。まったく締まりのない顔をしている。風邪をひいて鼻水の止まらない狐にそっくりだ。

　十丸が男たちの容貌を伝えてはくれたが、あまりに辛辣過《しんらつす》ぎてよくわからない。そのたとえ方に噴き出しそうになっただけだ。ただ、男たちが奉行所あたりから遣わされた者だとはわかる。和左之介を一室に閉じ込め、見張る役目を負うているのだ。いや、奉行所は町方だ。だとしたら、目付だろうか。町人と武家では同じ江戸にいながら、まるで違う則《のり》や仕組みの中でそれぞれに生きている。お梅は武家の則も仕組みも知らない。知らなくても何の差し支えもなかったのだ。町方の仕組みの中で生きていける今に、満足も安堵《あんど》もしている。

「別用です。揉み師を連れてきました」

「揉み師ですと?」

「さようです。和左之介どののお身体を揉んでいただくために呼びました。中に通していただきます。よろしいですね」

「揉み師はどこに」

「わたしの後ろにおります」

　二つの視線がお梅の全身を舐《な》め回す。どちらも、粘りがあった。

「この娘が揉み師でござるか?　これは驚いた。このような若い揉み師がおるとはなあ」

「ふふ、揉むより他の生業があるのではないか」

「なるほど、なるほど。どこを揉み解《ほぐ》すのやらわかったものではないのう」

下卑《げび》た笑いがまとわりついてくる。気持ちが悪い。

「おや、この娘。目が見えぬのか。犬を連れた盲目の揉み師か。しかも若い女。可憐な風情ではないか。なるほどなるほど、これは興をそそられるのう」

「まさに、そそられる。のう、娘、後でわしも揉んでくれまいか。たっぷりとな」

野卑《やひ》な物言いに、お梅は眉を顰《ひそ》めた。悪心《おしん》さえ覚えてしまう。

十丸が低く唸《うな》った。全身から殺気が放たれる。獲物の喉元《のどもと》を狙う獣《けもの》の殺気だ。笑い声がぴたりと止まった。

「梅どのです。世間に疎《うと》く、心根《こころね》の卑《いや》しいそなたたちは知らぬかもしれませぬが、巷《ちまた》では評判の揉み師でありますぞ」

「む、卑しいとは些《いささ》か無礼でありましょう」

「卑しい者を卑しいと断じたまでのこと。何一つ、無礼などはたらいてはおりませぬよ。そなたたち、己がどんな眼つきになっているか水鏡にでも映してみやれ」

「なんと、そこまで言うか。あまり調子に乗られぬ方がよろしいですぞ」

「調子に乗っておるのはどちらじゃ。今ここで、そなたたちが口にした一言一句、大目付さまにご報告しても構わぬのか。そなたたち、委細構わぬと胸が張れるのか」

男たちの気が縮んでいく。気圧《けお》されているのだ。

「戸を開けなさい」

再び、燈子が命じる。さっきより大きく響く。男たちがさらに怯《ひる》んだ。

なるほど、これはすごいわ。

お梅は感嘆《かんたん》してしまう。この強さ、この威厳《いげん》、この意志、相当なものだ。十丸は頭に石が詰まっていると呆れていたが、鎧を纏《まと》った燈子はどこまでも凜々しい。凜々しさを支えるのは、武家の矜持《きょうじ》なのか持って生まれた気性なのか判じられないけれど、胸が空《す》く想いはする。

戸が開く。扉の重々しいものではなく、障子戸《しょうじど》の滑《すべ》る音がした。久能《くのう》家の当主は蔵などに閉じ込められているのではなく、座敷の一間に居しているらしい。

「和左之介どの。失礼いたします」

燈子に続き座敷に一歩、足を踏み入れたとたん、お梅は息を詰めた。

悪臭を嗅《か》いだわけではない。部屋の中には、香《こう》の香りが微かに漂うだけだ。その香りも清々《せいせい》として花より青葉を思わせるものだった。

しかし、臭う。

鼻ではなく、肌から染み込んでくる臭いだ。誰が気付かなくとも、お梅には感じ取れる。人の臭いだ。全てを絶ち切られ、それでも未練をこの世に繋《つな》げて足掻《あが》く者の臭いだ。何度も嗅いだことがある。けれど、ここまで強く感じるのは初めてだ。

これは……難敵だわ。

お梅は気息を整え、そっとこぶしを握った。

——これは、相当、厄介《やっかい》ではないか。

十丸がお梅の代わりのようにため息を吐《つ》いた。

——面倒くさいことだ。何とか腕が動くところまで揉み解せたら、とっとと退散するがよかろうよ……と、おれならそうするがな。おまえに言うても詮無《せんな》いだけか。

もう一度、長いため息を漏らし、十丸は口を閉じた。

そうね。退散なんかしないわ。ご当主さまを楽にしてさしあげる。本当に楽だと感じられるまで、揉んでさしあげるわ。

逃げたりしない。諦めも投げ出しもしない。あたしはあたしの役目を果たす。

「梅どの、こちらに」

燈子が手を取って導いてくれた。

「かねて話しておりました、揉み師を連れて参りました」

燈子はそこでやや声音《こわね》を高くした。

「梅どの。久能家当主、和左之介どのであらせられます」

お梅は膝をつき、低頭した。

「梅と申します。恐れながら、お身体をお揉みいたします」

返答はなかった。小さな吐息が聞こえただけだ。

「では、早速に」。お梅は素早く細紐《ほそひも》で袖《そで》を括《くく》った。それから、燈子に告げる。

「燈子さま、ここまでで結構でございます」

「何と?」。燈子の気配が揺れた。戸惑っているのだ。

「結構とは、どういう意味でありますか」

「ご当主さまの揉み療治を終えましたら、こちらからお呼びいたします。それまでは、どうぞ、他所《よそ》にてお控えください」

「まっ」。小さいけれど鋭《するど》い詞《ことば》が、燈子の口から漏れた。頬が僅かに赤らんだかもしれない。

「わたしに出て行けと言うのですか」

「療治の間、できれば患者さまと二人きりになりたいのです。お身内とはいえ他者の目、耳、口があるのは療治の妨げになります」

「療治の妨げとな」

「そうです。凝りを解すのは、ときに痛みも伴います。そのとき、揉み師より他の者がいれば素直に痛いと告げること、呻《うめ》くことの邪魔になるやもしれません。唇を結んで、我慢してしまうお方が多くおられます。とりわけ、男の方は耐えようとばかりなされます」

「耐えてはならぬのですか。弱音を吐くのを恥としているのでしょう。だとしたら男子たるものの心得として、当然ではありませぬか」

「なりません」

声を強くする。燈子にではなく、一言も発しない患者、久能和左之介に向けて言う。

「他の場ならいざ知らず、揉み療治において我慢は害でしかありません。どこが痛むのか、どこが心地よいのか、それによって後の揉み方が違ってまいります。ですから、痛みを痛みとして訴えていただかねばなりません。下手に我慢などされると、余計な迷いの因《もと》になってしまうのです。燈子さま、人の身体がみな違うように、人の凝りも違います。百人百色、千人千色の違いがあるのです。それを見極め、その方に最も効ある揉み処《どころ》を探す。その方のためにだけ揉む。それが揉み師の仕事でございます」

燈子が静かに息を吸い、吐いた。そして、立ち上がる。

「わかりました。梅どの、後はお願いいたします」

「あ、燈子さま。お願い事がございます。半刻ほど後にお白湯《さゆ》と手拭いをお持ちください」

「白湯と手拭いですね。承知しました」

「それともう一つ、戸口を見張っておられるお武家さまも、できる限り遠ざけていただきたいのですが……。それは、無理でしょうか」

「なんの容易《たやす》いことです。お任せなさい」

衣擦《きぬず》れの音を残して、燈子が去って行く。すぐに、男たちとのやりとりが響いてきた。

「なんと、我らに退《の》けと申されるか。そのような真似、できるはずがござらん。ご当主を見張るは、我らの役目でござりますぞ」

「退けなどと一言も言うてはおりませせぬ。そこの廊下の端までおさがりくださいと乞《こ》うておるのです。見張りなら、戸口にくっついておらずとも十分にできましょう」

「それはそうだが……」

「茶でも運ばせましょう。少しぐらい気を緩めても罰《ばち》は当たりませぬよ。それとも酒がよろしいか」

「酒……」

「ほんの一刻ばかりです。廊下の端で酒など召し上がってはいかがです。それとも、酒はお弱いか？　すぐに酔い潰《つぶ》れては、お役目は果たせませぬものな」

「なんの、それがし、名うての酒豪でござる。樽酒を飲み干しても平常を保てましょう」

「それがしもでござる。酒など水を飲むのと同じ」

「まあ、頼もしいこと。樽酒はさすがに無理ですが、一斗枡《いっとます》ぐらいならご用意いたしましょうか。さ、どうぞ。廊下の隅から、お見張りなさいませ。すぐに酒を運ばせますゆえ」

足音と共に人の気配が遠ざかっていく。それを確かめ、お梅は改めて一礼をした。

「では、これより、お揉みいたします」

やはり返事はない。短い受け答えさえ、なかった。

「お背中より拝見いたします。横向きになっていただけますか」

和左之介がもそもそと動き、身体を何とか横に向けたようだ。お梅は絹の夜着《よぎ》に両手を置く。

これは……。

手のひらに肉の手ごたえはある。しかし、血の流れが感じ取れない。熱も感じない。人が生きている証《あかし》がほとんど伝わってこない。

こんなことがあるだろうか。あるわけがない。

お梅は手のひらに力を込め、ゆっくりと夜着の上を滑らせていく。指先が熱くなる。手のひら全部が火照《ほて》り始める。温《ぬく》みが絹布を通して、横たわる患者に移っていく。

あった。

微かな鼓動《こどう》を見つけた。心の臓の刻む動きだ。確かにここにある。

ここなら……。お梅は和左之介の足元に回り、右の足裏に指先を当てる。指を回しながら徐々に力を込めていった。かりっ。指先が豆粒ほどの塊《かたまり》を捉《とら》えた。息を整え、押す。

「うわっ」

悲鳴が上がった。掠《かす》れた叫びは、掠れた喘《あえ》ぎに変わる。

「ううっ……」

「痛みますか」

「……言うても構わぬか」

「先ほどのわたしの話をお聞きだったでしょう。痛いを痛いと素直に教えてくださらねば、こちらが戸惑います。ご当主さま、なにとぞありのままを隠さずお話しください」

「うわっ、痛い。そこは痛い。たまらぬ」

「ここでございますね。では、ここは」

指を僅かに横にずらす。力を込める。

「うう……そこも、痛い。前ほどではないが……」

「わかりました。暫《しば》し、ご辛抱ください」

指の力を緩める。円を描くように回し、一気に押す。押す場所は指先が教えてくれた。

「う、痛い。そこも……痛い」

「ここはいかがでございますか」

「そこも……あ、背が……温い」

「はい。血が流れ始めると身体を温めます。温もりが戻ってくるのです」

「しかし、足裏を揉んで、なぜに背が……」

「人の身体は繋がっております。さらには心と身体も繋がっております。足裏が解れれば、身体のあちこちも心も解れていくのです」

さらに問うてくるかと思ったが、和左之介はそのまま黙り込んだ。

触れた限りでだが、華奢《きゃしゃ》な身体つきだ。痩せているのは心労のためかもしれない。そして、この凝り方は尋常ではない。十七歳という若さを鑑《かんが》みれば、異様としか言えなかった。けれど、じりじりと死の迫ってくる中に身を置けば、身も心も硬く強張って当たり前だろう。

なんとお気の毒な。

同じ年の若者を心底から憐れに思う。

何とかお救いできないだろうか。ふと考えはするが、思案はそこから先には進まなかった。救う手立てなど何一つ、浮かばない。和左之介は既に死にかけている。疲れ果て、望みを絶たれ、生きる屍《しかばね》のようになっている。だから血は巡らず、熱は失われていく。こうやって揉み解しても、ほんの一時、凝りが流れるだけだ。すぐに、おそらく半刻もしないうちに身体は強張りはじめ、心は冷えていく。

手立てがない。どうしようもない。

今、こうして揉み療治を施しているのも、苦痛を取り除き生き易くするためではない。刃《やいば》を手にして腹を切らせるためだ。

この方の前には、そんな惨《むご》い運命しかないのだろうか。死ぬために呼ばれた揉み師を、この方はどう見ておられるのか。もう何も見ておられないのか。死を覚悟して……。

「あっ」。口の中で叫んでいた。十丸がどうしたと問うように、目を狭める。

指先が探り当てた。揉んで揉んで、揉み解した身体の奥から湯水のように湧き出すものがある。源泉だ。命の源がここにある。涸《か》れていなかった。お梅は額《ひたい》の汗を拭《ふ》いた。いつの間にか、頬《ほお》を流れるほどの汗が滲《にじ》んでいる。見つけた。やっと見つけた。他にもあるはず。もっとたくさんの命の噴き出し口があるはず。

お梅はもう何も考えなかった。身体が溶けて指先、手先だけが残る。そんな感じさえする。

何も考えず、指が導くままに揉み続ける。

「ううっ」と和左之介が呻いた。

「痛《いと》うございますか」

「痛い。しかし、痛みの底から力が湧いてくる。これは……」

「お背中、揉ませていただきます」

背中は前よりはずっと柔らかく、温かくなっていた。しかし、首、肩、頭にはまだ相当の凝りが居座っている。一晩揉んでも解せないかもしれない。

でも、やらなくちゃ。ここまできたのだもの。全霊でやらなくちゃ。

——お梅。止めろ。

十丸が近づいてくる。腰を落とし、お梅の腕を掴んだ。

和左之介が「犬が」と呟《つぶや》いた。白い大きな犬がお梅にすり寄っていると見えたのだ。

——無茶をするな。少し、休め。おまえ、汗みずくになっているぞ。

でも、でも、やっと探り当てたの。これで、ご当主さまの凝りは解れるかも。

——その前に、おまえが倒れる。倒れ、気を失う。下手をしたら、指を痛めてしまうぞ。そうなったら元も子もあるまい。

確かに息が速い。心の臓が弾んで苦しくもあった。

——逸《はや》るな。あまり前のめりになると、危ういぞ。

ええ……そうね。ありがとう、十丸。

お梅がほっと息を吐き出したとき、障子戸がかたりと鳴った。

「白湯をお持ちいたしました。梅どの、入っても差し支えありませぬか」

燈子の声だ。絶妙の頃合いだった。もう一度短く息を出し、お梅は答えた。

「お入りくださいませ」

燈子が入ってくる。お梅の前に座り、尋ねてくる。

「梅どの、白湯と手拭いを持ってまいりました。いかようにすればよろしいか」

「ご当主さまにお白湯を差し上げてくださいませ。あの、できますれば、わたしも……」

喉がひりつくほど渇《かわ》いていた。

「白湯か。欲しい」

和左之介が起き上がる音がした。「まあっ」と燈子の声音が震えた。

「和左之介どの、そのように楽に起き上がれるのですか」

「え？　あ……まことに身体が軽い。姉上、白湯をくだされ」

「ええ、今すぐに」

和左之介が一息に白湯を飲み干す。その気配がわかる。どこか弾むような勢いがあった。

「梅どのも」

小振りの湯飲みが手渡される。さすがに一気に流し込むわけにはいかず、お梅は少しずつ口に運んだ。美味しい。渇き切った喉に、身体に染みて広がっていく。

「美味い。白湯がこんなに美味いとは……」

「まあ、和左之介どのが美味いと仰るのを久しぶりに耳にいたしました」

燈子の口調も弾んでいる。

「梅どののおかげですね。さすがに評判通りの揉み師です。お礼申し上げますよ」

「いえ、まだ、半分も済んでおりません。ご当主さまも、お楽になったのは右身だけでしょう。左半分もこれから揉ませていただきます」

湯飲みを持ち白湯を飲むぐらいはできようが、好きに動かせるところまではまだまだだ。もう少し、あと少し、続ける。若い命の迸《ほとばし》りをよみがえらせてみせる。

「いや、もうよい」

和左之介が言った。静かな、その分暗みの深い口調だ。

「ここまでで止めておく。もう終わりだ。苦労だったな、お梅」

静かで暗い声が告げてくる。

お梅は見えない眸《ひとみ》を声の主に向け、指を握り締めた。

七　命の音

燈子《とうこ》の狼狽《ろうばい》が寄せてくる。

波のように寄せて返すのではなく、間を置かずどっどっとぶつかってくる。

「和左之介《かずさのすけ》どの。何を……何を仰《おお》せか。せっかく梅《うめ》どのが尽力し、ここまで楽にしてくれたものを、もうよいと退《しりぞ》けるとは如何《いか》なるご所存か」

膝《ひざ》が畳《たたみ》をこする音がした。燈子が弟ににじり寄ったのだ。かなり戸惑っているのだろう。燈子の所作《しょさ》の優雅さは見えなくても伝わってくる。ふだんなら、落ち着いてさえいれば、こんなあからさまな音などたてないはずだ。

「姉上、ですから、ここまででよいのです。ここから先はいらぬこと」

「いらぬこととは、和左之介どのの心内が解《げ》せませぬが」

「燈子さま」

お梅は手を伸ばし、燈子の腕に触れた。

「ここはお引きください」

「まっ、梅どのまでそのようなことを」

「ご当主さまがそのようにお望みです。ならば、従《したが》うしかございませんでしょう」

「梅どの、でも、せっかく……」

「あと、もう少しだけお揉《も》みいたします」

燈子を遮《さえぎ》り、お梅は和左之介の気配に顔を向けた。

「右の脇腹を後、少し揉ませていただきとう存じます」

「脇腹？　いや、前に比べるとずっと楽になったが」

「いえ、まだ、腕をお上げになったとき僅《わず》かに張りがあるはずです。それを取り除かせていただきたいのですが」

「右腕か。えっと……」

くすっ。十丸《とおまる》が笑う。

——素直なやつだな。腕を上下に動かしてるぞ。ふふっ、子どものような顔つきになってる。

そう……。もしかして、子どものような方なのかしら。

——そうだな。良くも悪くも、まだガキという感じはするな。これでは武家の当主は務まるまい。というか、そもそも無理だったのではないか。

無理って？　ご当主の務めが果たせないということ？　その力がないと？

——力ではない。気持ちの方だ。お梅、おまえ気が付かないか。

え？　何を？

――この男の気配だ。ずい分と張り詰めている。

あ、ええ、それは感じていたけど。でも、事情を伺《うかが》えば無理ないでしょう。

切腹の沙汰《さた》を受け、命を限られ、刻一刻と最期《さいご》が近づいてくる。それで、張り詰めるなという方が無理だろう。気を緩《ゆる》められるわけがない。

――たぶんだが、ずっと前からだぞ。

お梅の胸の内を覗《のぞ》いたかのように、十丸は首を横に振った。

――この張り詰め方は、ここ数日でできたものじゃない。ずっと、ずっと前から積み重なったものだ。

お梅の心がざわつく。十丸の言おうとしていることがわからないのだ。わからないなら、わかる道は考え続けるか尋ねるか二つに一つだ。お梅は迷わず尋ねることを選んだ。

十丸には遠慮も見栄もいらない。そして、今、じっくり思案を巡らせる間はないだろう。

十丸、それどういう意味なの。教えて。

前置きなしに、真っすぐに尋ねる。いつもの十丸なら、そんなこともわからぬのかと嗤《わら》う、あるいは、すぐに頼るな、少しは頭を使えと吐き捨てる。

しかし、今日は違った。お梅を見やり、頷《うなず》き、話を続ける。

――おそらく、望んだわけでもない当主の座に就かされ、役目を担わされ、できれば逃げ出したい、全て捨て去りたいと思っていたのではないか。思うだけで逃げも捨てもできないまま、ここまできてしまった。その間、この男はずっと張り詰めていたのさ。自分の思いを漏《も》らさぬように、当主として相応《ふさわ》しい振る舞いをするように気を張り、心を配り生きてきた。そういうところじゃないのか。

お梅は息を呑《の》み込んだ。この若者の尋常でない凝《こ》りは、死への怯《おび》えや理不尽な沙汰への嘆きだけが因《もと》ではなかったのか。指に感じた硬く重い、底なしのような凝り。それに改めて心を向けてみる。お梅は指を握《にぎ》り込み、気息を整えた。

「お願いいたします。わたしにも揉み師としての矜持《きょうじ》がございます。ここまでと言われれば去るしかありませんが、せめて、わたしなりの切りがつくところまで仕事をさせてください。自分の仕事を半端なまま終わらせたくはないのです。ご当主さまなにとぞ……。この通り、お願い申し上げます」

深く低頭する。

燈子が息を吐いた。しかし、言葉は発しない。

「あい、わかった」

和左之介が答える。艶《つや》のある若い声だった。全てではないが、掠《かす》れが取れている。

「では、そうしてもらおう。お梅、よろしく頼む」

「はい。ありがとうございます」

燈子が立ち上がった。そのまま、裾《すそ》を引きずり出て行く。無言だった。

和左之介が夜具《やぐ》の上に横たわるのを待って、お梅はもう一度、頭を下げた。

「お揉みいたします」

和左之介の腕の付け根を押さえる。押さえている指に一本ずつ力を加え、貝殻骨《かいがらぼね》の縁をなぞりながら動かしていく。

「うっ」。和左之介が小さな声を漏らした。

「痛《いと》うございますか」

「押されると痛い。しかし、指が離れた刹那《せつな》、何とも言えず心地よくなる。それに、ぽっと温かくもなる。そこだけ、日の光が当たっているようだ」

「凝りが取れますと血が巡ります。血が巡れば、人は温かいと感じるものです」

「血が……そうか。では、わしはもう長いこと、血が巡っていなかったのか」

「巡りが悪かったのです。細い管《くだ》に物が詰まっていたようなもの。詰まった管に水を注いでも少ししか流れないのと同じです」

「何とそういうことか。この世には知らぬことが、数多《あまた》あるものだな」

年を経た者が多くを知っているとは言い切れない。けれど、若者は年を経ながら多くを知り、学んでいく。知り、学ぶ機会を与えられている。学問だけではない。生きていくための知恵や技を教わり、習い身につけていく。人の世の則ではないか。

久能《くのう》和左之介はその機会を奪《うば》われようとしているのだ。

「和左之介さま」

お梅は〝ご当主さま〟ではなく、患者の名前を呼んだ。

「左の側も揉ませていただけませんか」

ひくっ。和左之介の身体《からだ》が震えた。人の目では捉《とら》えられない震えだ。しかし、お梅の指は確かに捉えていた。

「申した通りだ。もう、ここでよい。おまえの願いは叶《かな》えた。もう十分だろう。あうっ」

お梅が首の付け根を押したとたん、和左之介は短い叫び声をあげた。

「ずっと、頭の隅が疼《うず》いておられましたでしょう。疼いて眠られぬ夜もあったのではありませんか。そのお辛《つら》さを取り去って差し上げます。楽になれますので」

言い終わらないうちに、激しく手を払われた。

「あっ」。とっさに仰《の》け反り、身体を保てず、お梅は尻もちをついていた。

「うるさい。揉み師風情が出過ぎた真似《まね》をするな」

和左之介が怒鳴《どな》る。いや、喘《あえ》ぎながら、怒りを向けてくる。

「よいと言うたらよいのだ。これ以上、わしに構うなっ」

びしっ。頬《ほお》が鳴った。打たれたのだ。揉んだばかりの右手だろう。かなりの力だ。強い痛みが口の中に染みてきた。

十丸が身動《みじろ》ぎする。しかし、立ち上がらない。いつものように低く唸《うな》ることさえしなかった。

「わからぬのか。おまえも姉上も何もわからぬのか。わしは、わしは、もう楽になどなりたくないのだ。苦しい、辛いままでおりたいのだ。それをなぜ、わかろうとせぬ」

お梅は血の味のする唾を呑み込んだ。身を起こし、正座する。

打たれた頬が痛い。火照《ほて》る。しかし、和左之介の声を聞く耳は何倍も痛み、火照っていた。

そうか、そうだったのか。

「申し訳ありません。申し訳ありません。お許しください。和左之介さまのご心中に思い及ばず、愚《おろ》かな……愚かで惨《むご》い物言いを致しました」

どたっ。和左之介が夜具の上に座り込んだ音がした。

「わしの心中がわかると申すか」

「いいえ、全てをお察しすることはできません。でも、でも……」

奥歯を噛《か》み締める。言葉を噛み潰《つぶ》す。

「構わぬ、許す。言うてみよ」

「いえ、でもそれは……」

——いいではないか。言うてやれよ。

十丸が髪を揺らし、心持ち目を細くした。本気の表情のようにも、おもしろがっているようにも思える。もっとも、十丸の顔つきから何かを読み取れることは滅多にない。

お梅は顔を上げた。顔を上げても現《うつつ》の光景は見えない。和左之介がどんな姿をしているのか目で知ることはできないのだ。その分、心の内の蠢《うごめ》きが伝わってくる。

「和左之介さまは、お身体が楽になることを恐れておいでではないでしょうか」

閊《つか》えず、躊躇《ためら》わず、一気にしゃべる。そうしないと、俯《うつむ》いて黙してしまいそうだ。

「お身体が苦しく辛ければ、生きることへの執着も薄まりましょう。けれど楽になれば、逆に濃くなります。生きたいという想いが強くなります。ましてや和左之介さまは、お若いではありませんか。生きたい、死にたくないという」

「うるさい」

怒りがぶつかってくる。ほとんど同時に、刃《やいば》が鞘《さや》から抜き放たれる音がした。

「うるさい、うるさい。よくも、そのようなことを申したな。おのれ」

白刃《しらは》の冷たさを感じる。凍《い》てた風のようだ。

十丸が跳んだ。瞬《まばた》きの間もなく、和左之介に飛び掛かる。

「十丸、駄目。和左之介さまを傷つけないで」

思わず声に出していた。

――わかっておる。いちいちうるさいぞ、お梅。ただ、この厄介《やっかい》な代物だけは片付けさせてもらおうか。人というのは、直《す》ぐに厄介なものを振り回す。どうにもならんな。

十丸は鞘を拾い上げると刀を納めた。それを抱えて、座敷の隅に座る。

和左之介の荒い息の音が響く。お梅は、その音に向かって頭を下げた。

「和左之介さま、申し訳ありません。十丸をお許しくださいませ」

――ふん、謝ることではあるまいが。おれが止めなければ、この若造はおまえを斬り殺していたかもしれんぞ。心内を言い当てられてあたふたし、刀を抜くなど本当にガキだ。ガキとしか思えん。嗤う気にもならぬわ。馬鹿が。うん？　しかし、右腕が滑《なめ》らかに動いたな。ちゃんと、刀が扱えたではないか。それなら、お梅を斬るのも自分の腹を切るのも好きにやれるな。十丸。こんなときにつまらない冗談を言わないで。

十丸が止めなくても、和左之介はお梅に斬りかかってこなかった。振り上げた刀を自ら投げ捨てていたはずだ。和左之介からは、僅かの殺気も放たれていなかったのだから。

「……お梅」

「あ、はい」

「あれは何だ。あの犬は何なのだ」

「え？　あ、十丸でしょうか。あの、犬でございます。えっと、白い大きな犬ですけれど。あ、あの、普段はとてもおとなしい犬なんです。一日に一度もワンとも吼《ほ》えない日があるぐらいで。目の前を猫が過《よぎ》っても、素知らぬ風で寝ているような、そういう犬ですので。あの、決して獰《どう》猛《もう》とかではなくて、危ないなんてことはなくて……」

「刀を仕舞ったぞ」

「はい？」

「わしに飛び掛かってきて、前脚で刀を叩《たた》き落とした」

「あ、そうなのですか。わたしは見えぬものですから」

「それから柄をくわえて、鞘の中に納めたのだ。そして、今は前脚でしっかり押さえておる」

「まあ、お武家さまの刀を脚で……。も、申し訳ありません」

「あれは、どういう調練《ちょうれん》をしたのだ。犬の動きとは思えぬぞ」

「え？　あの、いいえ、これといって別に何もしておりません。十丸は昔からこうなので」

我ながら要を得ない物言いだ。恥ずかしくなる。けれど、和左之介は「それはすごい」と感嘆の息を吐き出した。それから暫《しばら》く黙り込み、もう一度、長い息を漏らした。

「すまなかった」

吐息《といき》の後に詫《わ》び言葉が続く。

「お梅に心中を言い当てられ、取り乱した。武士にあるまじき振る舞いであった。許せ」

「そんな、もったいのうございます。謝ったりなさらないでください。わたしは和左之介さまのお気持ちを踏みにじってしまいました。もっと、心を配るべきでしたのに」

本当にそうだと、今更、悔《く》やんでしまう。

和左之介は、迫ってくる死に怯え、その怯えと懸命に闘っていた。闘いは身体を強張《こわば》らせ、痛めつけ、凝り固まらせたのだ。そこまで、わかっていながら無遠慮に心内に踏み込んでしまった。己のいたらなさに身が縮む。

「お梅の言う通りだ。身体が思うように動かぬのは辛い。動かせぬのは辛い。痛みも辛い。けれど、その辛さが切腹のことを忘れさせてもくれた。辛さが募れば募るほど、他のことを考えずともすんだのだ。しかし、お梅に揉んでもらい、痛みが消え、凝りが取り除かれると、己の運命《さだめ》を改めて突き付けられた気になってしもうたのだ。そうなれば、恐ろしゅうて恐ろしゅうて……恐ろしゅうてならなんだ。だから、せめて……」

和左之介の声が震える。震えながら、しかし、和左之介は口を閉じなかった。

「せめて、身体の半分は辛いままでいいと思うたのだ。お梅に最後まで揉んでもらい、身体全てが楽になれば、もう逃げ場はない。明後日まで、わしは死の刻《とき》と向き合わねばならぬ。それが……耐えられなかった。もう、このまま放っておいてもらいたかったのだ」

「和左之介さま」

「わしは昔からこうだった。意気地がないのだ。度胸がないのだ。幼少のころからちょっとした風音、物音にも怯え、争いごとが嫌いだった。血を流して争うなどとんでもないと感じておった。だから……姉上は、ずい分と歯痒《はがゆ》かったと思う。もっと強くなれ、もっと猛《たけ》くなれとよう説教されたものだ。だが、人の持って生まれた気性は変えようがない。剣の道場にも通い、馬の修練にも励んだが、わしはやはり草花を愛《め》でたり、描いたり、書を読むほうが余程性に合っていたのだ。さらにいうなら、当主の器《うつわ》などではなかった。なかったのだ……」

――なんだ、愚痴《ぐち》の垂れ流しではないか。

十丸が冷えた笑みを浮かべ、肩を竦《すく》めた。

――なるほどな。これほど女々しければ武家の当主など無理だな。うん、無理過ぎる。

十丸、少し黙っていなさい。

十丸を一喝《いっかつ》し、お梅は和左之介に心持ち近づいた。

「おそれながら、それは和左之介さまの思い込みではありませんか」

「思い込み？　どういうことだ」

「わたしにはお武家さまのことは、ほとんどわかっておりません。ですから、ご当主の器とやらがどういうものか、とんと見当がつかないのです。町人ですから当たり前ではありますが。でも、人の器についてなら少しは存じております」

「人の器、とな」

「はい。人です。その内にはお武家さまも町人もお百姓もみな含まれております。そして、人の器とは、決して猛々《たけだけ》しいことでも争いに強いことでもありません。他人と争う力より思いやる力の方が人には大切ではありませんか。草花の美しさに気付く、書を読み新しきことを知る、自分以外の誰かを気遣う。そういう心が人の器を育てると、わたしは信じております。そして、人の器はご当主の器より、ずっとずっと大きいのです」

「お梅」

「憚《はばか》りながら申し上げます。和左之介さまはご当主の器に足らないのではなく、はみ出しておられるのです。大きなお心を無理に小さな器に押し込もうとする。ですから辛いのです。苦しいのです。和左之介さまの凝りは一朝一夕《いっちょういっせき》にできたものではありません。おそらく、ご自分を小さな器に合わせて生きておいでになった。そんな日々の内に溜《た》まったものかと存じます」

白刃を抜いて戦うより草花を愛でることを選ぶ。その方が人として上等だ。

お梅は信じていた。信じていることを伝えたい。ちゃんと伝えたい。

「……同じことを言う」

「え？」

「お芳《よし》とは、同じことを言う」

「お芳とは、どなたでございます」

「『かずら屋』という女郎宿の女だ。見世《みせ》では朱波《あけは》と呼ばれておった」

お梅は居住まいを正した。鼓動《こどう》が僅かに速くなる。

女郎宿『かずら屋』の朱波。いや、お芳。

「あの、もしかして、その方は……」

「そうだ。わしが共に死のうとした相手だ」

なんと答えていいかわからず、お梅は口をつぐんだ。

「お芳とは、幼いころに知り合うた仲だった。あれの父親が渡りの奴で、十月《とつき》ほどであったが当屋敷で働いていたことがあってな。そのとき、父母とともに奉公人の長屋に住んでおった。齢《とし》が同じということもあって、時折、遊んだりしたものだ。五つから六つになるあたりだったな。すでに武家としての鍛錬《たんれん》が始まっていて、学問も剣も馬術も習わねばならなかったが、わしには苦でしかなかった。その苦を薄めてくれたのがお芳だ。一緒に遊んでいると楽しくてな。庭の木に登ったり、隠れ鬼をしたり、草花を描くおもしろさを教えてくれたのもお芳だ。お芳といると、心底から笑うことができた。泣くこともできた。本当に……楽しかったのだ」

お梅は相槌《あいづち》を打ちながら耳を傾《かたむ》けていた。和左之介の声がまた低く掠れ始めた。

父が渡りの奴なら、短ければ半年、長くとも一、二年で他家に移っていっただろう。子どもにとって、それは永久《とわ》の別れを意味する。

「一年足らずで、お芳は去って行った。行き先など知らぬ。もう二度と逢えないと、それだけは子ども心にもわかっていた。だが」

和左之介が息を呑み込んだ。喉《のど》の鳴るくぐもった音がする。

「だが、再び逢えたのだ。が、お芳はお芳でなく朱波と名乗っていた。昔の道場仲間に連れられていった女郎宿の……女になっておったのだ」

十丸が口を挟んできた。

——よくある話だな。珍しくも何ともない。江戸の巷には、犬の数より多く転がっているのではないか。

十丸。いいから黙っていて。ほんと、いいかげんにしなさいよ。

「お梅、あの犬、今こちらを見たぞ。見ただけでなく、にやりと笑った」

「あ、いえ、それは和左之介さまの見間違いかと存じます。犬は笑いませんので」

「それはそうだが……何とも不思議な犬だ。いや、犬だけではない。その飼い主も一風、変わっておる。摩訶不思議《まかふしぎ》だ」

「わたしが、ですか？」

「そうだ。そなたと話していると心地よい。胸の底に隠しておいた思い出や想いまで、いつの間にかしゃべっている。誰にも、姉上にさえ話していない諸々が零《こぼ》れていく」

お梅はゆっくりとかぶりを振った。

「それは、わたしの力ではありません。和左之介さまは、本当は誰かにお話ししたかったのでは、聞き役を欲していらしたのではありませんか。でも、それに相応しい者がお傍《そば》にいなかった。燈子さまも稲村《いなむら》さまも、その役は果たせなかったのですね。お二人とも、和左之介さまを久能家のご当主として見ておられましたから」

久能家の当主としてしか見ていなかった。だから、強くあれ、武家らしくあれと望んでいた。そういう相手に心内を晒《さら》すわけにはいかなかったのだ。でも、お梅は違う。お梅にとって久能和左之介は客であり患者だ。揉み療治を施さねばならない相手だ。身分も強さも関わりない。

和左之介はお梅のような聞き手を待っていたのだ。いや、お梅より先に、お梅よりずっと心を許せる聞き手がいた。

「お芳さんという方も和左之介さまのありのままを受け入れ、耳を傾けてくれたのですね」

「そうだ。お互いにずい分と変わっていた。十年以上が経《た》っている。変わるのは当たり前だが、当たり前で片付けられないほどの変わりようをお芳は……」

幼気《いたいけ》な少女が女郎宿の女となっている。当たり前の範疇《はんちゅう》を超えた変転だ。

「お芳は親に売られたのだ。父親が手慰《てなぐさ》みにはまり借金を抱えた。その払いのために、十二の歳《とし》に女郎屋に売られた。ずっと下働きをさせられ、二年前から客を取らされるようになったとか……」

──全くもってよくある話だな。借金のかたに売られた娘など、幾《いく》らでもいる。まして、女郎宿ならそんな女ばかりではないのか。

十丸が肩を窄《すぼ》める。

そうかもしれない。親のため、子のため、金のために身を売る。お芳の来し方は色里《いろざと》ではごくありふれた身の上に過ぎない。けれど、和左之介にとってお芳はお芳というただ一人の女だった。幼い日々を優しく、美しく彩《いろど》ってくれた少女なのだ。

「お芳はわしに二度と来てくれるなと言うた。遊女の姿を見られたくないと。だが、わしは……わしは通うのを止《や》められなかった。お芳を身請けするだけの金はない。それでも、お芳の傍にいたかった。わしがいる間だけでも、お芳は客を取らなくてすむ。そう思うたのだ。しかし、限りはきた。わしの持ち金が底をついたのだ。わしは、久能家所蔵の品々を売ってでも金を工面するつもりだった。しかし、お芳は頑《がん》として聞き入れなかった。遊女と武家。長く共にいられるはずがない。いずれは別れねばならない運命《さだめ》だ。それを先延ばしにしても苦しいだけだと、久能家の禍《わざわい》になりたくないと。そんなことになれば、あの楽しい思い出まで汚れてしまうと泣くのだ。だから、もう二度とお芳の客にはならないと約束した。あの日にもう一度だけ逢おうと、最後の日にしようと……」

あの日、相対死にの騒ぎを起こした日のことか。

最後の別れになる日、二人は騒動を起こし、和左之介は切腹を言い渡された。

お梅は気息を整えた。やや前のめりになり、和左之介に告げる。

「和左之介さま、横におなりくださいませんか」

「なんだと？」

「夜具にお伏せください。わたしに揉み療治を続けさせてください」

「お梅。先刻、わしの言うたことを忘れたか。これ以上の療治は無用ぞ」

「いいえ、入り用でございます。和左之介さま、これから先のお話は和左之介さまにとって惨いお話となりましょう。でも、わたしは聞きたいのです。聞かせていただきたいのです」

かたかたと障子が鳴った。風が出て来たらしい。濁《にご》った笑い声が風に乗って届いてくる。あの見張り人二人は酒に耽《ふけ》り、己の役目を忘れ去っている。

「それは、好奇の心からか。わしがここに至った顚末《てんまつ》をさらに詳しく知りたいのか」

「はい。好奇の気持ちがないと言えば嘘になります。けれど、それよりも道を見つけたい。探り当てたいという想いの方がずっとずっと強うございます」

「道？　何の道だ」

「和左之介さまが生き延びる道です」

――お梅！

十丸が片膝を立てた。銀鼠色《ぎんねずいろ》の輪が双眸《そうぼう》で揺れる。

――おまえ、またいらぬことを考えているな。いいかげんにするのはどっちだ。この馬鹿者。

十丸の苦り切った表情も口調も知らぬ振りをする。

「わしが生き延びる？　それは、腹を切らずにすむということか」

「はい。その道を見つけたい、いえ、見つけなければならないと思うております」

不意に笑声が響いた。人の潤《うるお》いを全て奪《うば》うような、乾ききった声だ。

「はははは、何を言うかと思えば。そなた、わしをからかっておるのか」

「滅相もございません。和左之介さまをからかうなど、そんな」

「ならば、戯言《たわごと》を申すな」

怒声が飛んできた。怒りが突き刺さってくる。さっきより激しい。思わず身を竦《すく》めていた。

「そのような戯言を二度と口にするな。次は許さぬぞ」

「戯言ではありません」

顔を上げ、お梅は言い切った。

「わたしは本気です。和左之介さま、和左之介さまは生きねばならぬのです。死んではならぬのです。お身体が、お心が、生きたい、生きていたいと叫んでおられるではありませんか」

「な……なにを言うか。わしは確かに死に怯えておる。此度《こたび》の沙汰を納得できぬ思いもある。しかし、しかし……諦めてもおるのだ。これも我が運命かと諦めようとしておるのだ」

和左之介の声音《こわね》から怒りが抜け落ちていく。乾いて情の窺《うかが》えない声音は、なるほど、全てを諦めた者のそれであるのかもしれない。

「だから、もう去れ。わしを一人にしてくれ。諦めようとしている心を乱してくれるな」

「和左之介さま」

――お梅。この男の言う通りだ。ここは、さっさと退散するのが利口だ。長居をしてもろくな目に遭《あ》わぬぞ。せっかく決めた覚悟を揺さぶってどうする。それは、悪行ともなるぞ。

十丸が珍しく本気で説得してくる。できるなら、お梅を抱きかかえてでもこの座敷を後にしたい。そんな風だ。

「ここに感じました」

お梅は指を広げ、手のひらを前に差し出した。

「さっき、和左之介さまの身体を揉んで揉んで、揉み解したとき。ここに命が伝わってきました。和左之介さまの命を感じ取れたのです」

「お梅、何を言っておる。わしには、そなたの言が解せぬが」

「命です。和左之介さまの若いお命が諦めるのを拒んでおります。それは、熱くて、大きくうねっておりました。瑞々《みずみず》しくもありました。ここで断ち切られるにはあまりにも無念だと叫んでおりました。わたしの手が、指が感じ取ったのです。一分の間違いもありません」

「お梅、そなたは……」

――お梅、止めろ。自分が何を言っているのかわかっているのか。

「生きねばなりません」

お梅は指を握り込んだ。固いこぶしを作る。

「和左之介さまは生きねばならないのです」

息を吐き、お梅は続けた。

「そのお手伝いをさせていただきます」

十丸がしゃがみ込んだ。天を仰ぐように顔を上げ、ため息を吐《つ》く。

「手伝い……。わしが生き延びる手伝いをか」

「はい。ですから、お身体を揉ませてください。死ぬためではなく生きるために、能《あた》う限りの凝りを取り除きます。お身体に血を巡らせ、気を満たします。そのうえで、道を思案いたしましょう」

「道があるのか」

「諦めねば見つかります」

諦めるとは目を閉じることだ。だから、道が見えなくなる。諦めが、いつも間違っているとは限らない。諦めねば、捨てねば前に進めないことは多々ある。お梅もたくさんのものを諦めて、ここまできた。でも、駄目だ。今は駄目だ。

「和左之介さまは、諦めてはなりません。駄目です」

この屋敷に一歩、踏み込んだときから感じていた凍え。その正体に気付いた。

ここでは誰もが諦めているのだ。仕方ない。これが運命と諦め、目を閉じてしまっている。

諦めは凍えとなり、屋敷も人の身体も人の心も凍り付かせる。和左之介の奥の奥で、若い命だけが足掻《あが》いていた。諦めない、受け入れないと身悶《みもだ》えしていた。

お梅はそこに触れたのだ。

後には退《ひ》けない。

十丸がまた、深く長い息の音を立てた。

八　伏玉《ふせだま》の女

十丸《とおまる》がため息を吐《つ》いた。

これで何度目の吐息《といき》だろう。お梅《うめ》が数えただけでも、七回になる。実際はその前から幾度も零《こぼ》していたから、ゆうに十回は超えているはずだ。

「十丸、鬱陶《うっとう》しいわよ。いいかげんにしなさい」

声に出して咎《とが》めると鼻を鳴らす音がして、

「はぁ？　いいかげんにするのは、そっちであろうが」

と、不貞腐《ふてくさ》れた声が返ってくる。そうとう、機嫌が悪い。十丸は押し黙っていることが多いし、一人、宙《そら》を見つめているときなど近寄りがたい気配を醸《かも》したりもする。しかし、機嫌を損ねて黙り込んだり、罵詈《ばり》を浴びせてくることはない。これまでは、なかった。

今は、その一歩手前ぐらいまで迫っているみたいだ。

「そんなに怒らないでよ。こうするしかなかったんだから。わかってるでしょ」

「はぁ？　はぁ？　もう一度言ってみろ。こうするしかなかった、だと？　どの口が……」

十丸が黙る。足音が聞こえたのだ。軽やかな、しかし、浮ついていない確かな足音だ。

「まあ、お梅先生。ようこそいらっしゃいました」

明るい声が耳朶《じだ》に触れた。声に向かい、お梅は頭を下げる。

「お登美《とみ》さん。急に押しかけまして、申し訳ありません」

「あら、いいんですよ。そんなこと。ささっ、そんな隅に座っていないで、こちらにどうぞ」

女の柔らかな指がお梅の手を取り、座敷の中ほどだろうあたりに導いてくれる。

「あぁ、こうやって先生の手を引いて、寝所まで連れて行きたいわぁ。あら、何だか変な意味に聞こえちゃいますね。場所が場所だけにね。でも、ほんと、今度はいつ、先生と閨《ねや》に入れるかしらと、あたしはやきもきしてるんですよ」

くすくすと、女が笑う。どこかおもねる響きがあった。

くだらんと、十丸が吐き捨てた。もちろん、お梅にしか聞こえない。

女は登美という名で、齢は四十丁度だと告げられている。身体《からだ》を揉《も》んだ様子では、もう少し年上にも思えたが、何も言い返さなかった。齢にしろ出自《しゅつじ》にしろ来し方にしろ、色里《いろざと》の女に真を問うのは野暮でしかない。無駄でもあった。

お登美は深川《ふかがわ》の女郎宿『かずら屋』の女将《おかみ》だった。伏玉《ふせだま》と呼ばれる遊女たちを抱える伏玉屋だ。もっとも、表向きは料理茶屋の造りになっている。吉原《よしわら》方の探索やお上の取り締まりに対する欺《あざむ》きだ。それで、お上が欺かれるわけもないが、欺かれた振りはできる。岡場所と呼ばれる遊里《ゆうり》は力尽くで引き抜けば、地そのものが崩れるほど深く、江戸に根を張っているのだ。

これまで一度だけ、お梅はお登美を揉んだ。もう半年近く前のことになる。それから何度か療治を頼まれたけれど、都合が付かないままだ。

「でも、どうしたんです。急にあたしに逢いたいなんて連絡をくださって。今朝、あのお使いさん、えっと、可愛らしい女の子で……」

「お昌《まさ》ちゃんですね」

「ああ、そうそう。お昌ちゃん。あの子から先生の言伝《ことづて》を聞いたときは、正直、胸が躍《おど》りましたよ。もしかして、揉み療治に来てくださるのかしらと思ってね。でも……違うんですよね」

「あ、はい。違います。今日はお願い事があって参りました」

「やはり、違うんですか。まぁ、がっかりだわ」

お登美の口調が重くなる。

「お梅先生に揉んでもらったときの気持ちよさが忘れられなくってねえ。ええ、本当に極楽浄土が見えた気がしたもんです。先生の指ときたら、どんな女郎の床あしらいより……あら、いけない。また変なこと言っちゃいましたね、ほほ、品がなくてごめんなさいよ。で、揉み療治じゃないなら、何なのです？　お願い事って」

今度は少し用心の気配を滲《にじ》ませて、お登美は問うてきた。十年近く、女郎宿を切り盛りしてきた女だ。一筋縄でいくはずがない。お梅がまともにぶつかって敵《かな》う相手ではないのだ。

でも、まともにぶつかる。

海千山千の女将に小賢《こざか》しい手練《てれん》など通用しない。

「実は、朱波《あけは》さんにお目にかかりたいのです」

「朱波ですって」

お登美がすっと息を吸った。顎《あご》を引いて、目を細める。その表情が浮かぶようだった。お梅には、お登美の顔形を見ることはできない。しかし、その場その場で豊かに、さまざまに顔つきや口振りを変える、その様子は伝わってきた。もっとも、その顔が、声がそのまま心内に繫《つな》がっているはずがない。厭《いと》いながら愛想を振りまくことも、嘆《なげ》きを抱えながら楽しげに笑うこともできる。できなければ、遊女宿の女将は務まらない。

けれど、それで誤魔化されるのは晴眼《せいがん》の者だけだ。

お梅は誤魔化されない。表情や物言いは取り繕えても、情の揺らぎまで人は支配できないものだ。お登美の気配が尖《とが》り、僅《わず》かな戸惑いが滲んだ。用心深く構える気色も。

「朱波に逢って、どうするつもりです」

「久能《くのう》さまのことでご相談があります」

「まっ」といったきり、お登美は黙り込んだ。視線は感じる。値踏みするように、お梅のあちこちに向けられていた。

「先生、ちょっとお尋ねしますがね」

そう切り出したとき、お登美の口調から戸惑いは拭《ぬぐ》い去られていた。

「もしかして、朱波と久能さまの一件に関わっての話ですかね」

「はい」

また暫《しばら》くの沈黙。そして、小さな吐息の音がした。

「あの件なら、もう終わったことです。今さら、蒸し返されても困りますよ。ええ、正直に申しますとね、大迷惑です。それでなくても、お取り調べだのなんだので見世を閉めなきゃならなくて、商《あきな》いに差し障りが出て、それこそとんでもない迷惑を被ったんですからね。朱波だって、かわいそうに、昔馴染みでしかもお武家さまってことで信用もしていたし安心もしていたのに、あんな目に遭《あ》わされて、ほんと災難でしたよ」

「あんな目というのは、相対死《あいたいじ》にを迫られたことですか」

「そうですよ。他に何があるんです。災難、災難、そうとしか言えない事件でしたね」

「でも、相対死にというからには、朱波さんも久能さまと共に死のうと考えたのでは」

「とんでもない」

お登美の声が甲高《かんだか》くなり、お梅を遮《さえぎ》る。

「それは誤解ってもんですよ。あたしに言わせれば、あれは相対死にじゃなくて、久能さまが朱波を殺そうとしたんです。そりゃあ、朱波は女郎です。お客をもてなすために、愚痴《ぐち》や文句を本気で聞く振りをしますよ。ふんふんと真顔で相槌《あいづち》を打ったり、心から慰《なぐさ》める振りをしたりね。でも、振りは振りです。本心なんかじゃありません。そんなこと色里で遊ぶなら、当たり前にわかってなきゃいけないはずですよ。それをあのお武家ときたら……」

「本気と勘違いして、共に死のうと迫った。そういうことですか」

「そうですよ」

「聞いた話では、あの日、不意に見世の男衆がなだれこんできて、久能さまを取り押さえたとか。それは本当ですか」

「まぁね。部屋の外に控えさせてたんですよ。朱波が、久能さまのことを怖い、何をされるかわからないって怯《おび》えるものだからね。こちらとしては、お客を無下《むげ》にもできないし、朱波に何かされても困りますからね。あの娘、うちの板頭《いたがしら》なんですから」

岡場所では、見世で一番売り上げがいい女を板頭、次を板脇と呼ぶ。つまり朱波は『かずら屋』の稼ぎ頭だったわけだ。

「ともかく、そういうことですから、お梅先生がどうして、あの件に関わっているのか知りませんけど、朱波に逢わせるわけにはいきませんよ。あの娘、この騒ぎで疲れ切ってて、寝込んでるんです。あれじゃ商売になりません。ほんとに、困ったことで……。まっ、そういうことですので、今日は、お帰りくださいな」

「そういうわけには参りません。お登美さん、無理は承知の上でお願いします。一度だけ、短い間で構いませんから、朱波さんに逢わせてください。この通り、お願いいたします」

手をつき、頭を下げる。

「先生、久能さまから言付けでも頼まれたんですか」

「いえ、わたし一人の裁量で来ました。どうしても、朱波さんと話がしたいんです」

「駄目です」

びしりと笞《むち》打つ強さで、お登美は拒んだ。

「あの娘は、うちの大事な品物だ。そうでなくとも、あの騒ぎでまいっているっていうのに、この上、気持ちをすり減らすような真似《まね》しないでもらいたいですね」

女郎宿の女将は、朱波の身体を気遣っているわけではない。品物の質を損なうことを恐れているのだ。稼ぎ頭の女郎に一日も早く、一刻も早く客を取らせねばと考えている。お登美が格別に酷薄《こくはく》なわけではないだろう。女を品物と割り切れる者でないと、この商いは続けられない。ただ、お登美は無理をしていた。無理に酷薄に非情になろうとしていた。人の情も心も正しさも捨てて、亡八《ぼうはち》になろうとしていた。仁義礼智忠信孝悌《じんぎれいちちゅうしんこうてい》の八つを失った亡八《ぼうはち》。遊女屋の主《あるじ》はそう呼ばれている。

お登美の無理は、身体を揉んで感じた。自分の心を押し殺して生きてきた者の、奥深くはびこった凝《こ》りだったのだ。お梅はきれいに揉み解《ほぐ》せぬまま、去らねばならなかった。

「お願いします、お登美さん」

「駄目ったら駄目ですよ。さっ、お帰りくださいな。あまりしつこいと、いくら先生でも堪忍《かんにん》しませんよ。男衆を呼んで、外に摘《つ》まみ出しますからね」

「三回でどうでしょうか」

「え？　三回？」

「あと三回、お登美さんのお望みのときに揉みに参ります。むろん、お代はいただきません。それを約束しますので、どうか朱波さんに……」

「三回ですって」

お登美の語尾が跳ねあがった。

「あたしの都合に合わせて、先生が揉みに来てくださるんですか」

「はい」

「えっと、えっと、それは、その、例えば、例えばですよ。今晩、揉んでもらって、次の日もってあたしが望んだら先生が来てくれると、そういう話になりますかね」

「いいえ、それは無理です。揉み療治は一度、施せば、少なくとも十日から二十日は空けた方がいいのです。そうしないと、かえって身体に負担がかかってしまいますから」

「そうですか、そうですか。じゃあ、二十日後に揉んで欲しいと望んだら？」

「参ります」

お梅は襟元《えりもと》から、四つ折りにした紙を取り出した。

「これは約定書《やくじょうしょ》です。お昌ちゃんに代筆してもらいました。お登美さんの望み通りに三回、揉み療治を行うと記《しる》しております。あたしの名は自分で入れました。見えぬものですから、乱れているかもしれませんが。揉み師梅とは、読めるはずです」

「……読めますとも。とてもきれいなお筆ですよ、先生。お昌ちゃんの字もしっかりしていて読み易くて大人顔負けですねえ。達筆だわ。まあ、でも、本当に三回、なんですね」

「そこに書き表している通りです。嘘は申しません」

「じゃ、今日にでも……あ、駄目だわ。今日はこれから、根津《ねづ》まで出掛けなきゃならないんだった。野暮用があるし……。もう、ほんとに忌々《いまいま》しいこと」

「今夜、遅くでもかまいませんよ、木戸《きど》が閉まる時分でも」

「まあ、ほんとですか。じゃあ、先生、今夜、木戸が閉まる前ぐらいに来てくださいな。あ、もしなんでしたら、うちに泊まってもらって構いませんから」

「いえ、そこまでは結構です。でも、今夜、必ず寄らせてもらいます」

「きゃっ」と、お登美が声を上げた。急に若やいで、軽やかに弾むような声だ。

「まあ、何て嬉しい。これは果報《かほう》だわ」

「お登美さん、約定書は渡します。ですから……」

「朱波ですね。わかりました。呼んでまいります」

お登美が立ち上がる音がした。その動きがぴたりと止まる。立ったまま、お梅を見下ろしているとわかる。強い眼差《まなざ》しが注がれてくるのだ。

「でもね、先生。変なことは言わないでくださいよ。何度も言いますが、うちの大切な女なんです。下手に扱われちゃ困りますからね」

「わかりました。わたしは、ただ、久能さまのことをお伝えしたいだけなんです」

「久能さまの何を伝えようと言うんです」

お登美の声音はもう軽くも弾んでもいなかった。むしろ、こちらを探る鋭《するど》さがあった。

「久能さまに、ご切腹の沙汰《さた》が下りたことはご存じですね」

「ええ、そのように聞きましたけれど。まあ、あれだけの騒動を起こしたわけですからね。仕方ないでしょうよ。お武家さまですからね。それくらいの覚悟はおありだったはずですよ。こう言っちゃあなんですが、朱波が巻き込まれなくてほっとしてるんです」

お梅は膝《ひざ》を前に出す。顔を上げる。

「久能さまは、朱波さんに詫《わ》びたいとおっしゃったのです。その詫びのお言葉を言付かって参りました。これからお腹を召される方の遺言です。直截《ちょくせつ》にお伝えしたいのです。久能さまも、そのように願われておりります」

これは嘘だ。朱波に逢いたいのは、伝えるためではなく問うためだ。けれど、ここは騙《かた》るしかない。嘘も方便だと心内で呟《つぶや》きながら、お梅は舌の先を少し苦く感じた。

「わかりました。けど、あたしも同座させてもらいますよ」

「それは、なりません」

顔を上げ、丹田《たんでん》に力を込め、お梅はきっぱり言い切る。

「わたしと朱波さんだけで話をさせてください」

さあ、梅。ここが正念場よ。踏ん張りどころだからね。

自分で自分を鼓舞《こぶ》する。

——踏ん張るところが違うような気がするがな。おまえのやってることは、ただのお節介だ。

十丸のぼやきを聞き流し、お梅は続けた。

「お登美さん、お登美さんが久能さまを苦々しく思っているのはわかります。確かに、迷惑も厄介《やっかい》もかけられたでしょう。浅はかな振る舞いだったのも確かです。でも、その過《あやま》ちを久能さまは命をもって贖《あがな》おうとしておられます。そして、わたしはその方の最期《さいご》のお言葉を託されて来ました。お登美さんが同座すれば、朱波さんは本音を口にはできないでしょう。飽くまで、『かずら屋』の朱波として答えなきゃいけなくなります。でも、久能さまに伝えるのは、お芳《よし》さんという一人の女人の言葉であってもらいたいのです」

「それが嘲《あざけ》りや腹立ちであっても、ですかね」

「あるがままにお伝えします」

「それが、あの世への餞《はなむけ》になりますか？」

「久能さまは、そう望んでおられます」

これは嘘ではない。できるならお芳の本心を知りたいと、和左之介《かずさのすけ》は告げたのだ。知りたいと願い続けてはいたが、もはや叶わぬ望みと諦めていた、とも。

「朱波と先生を二人っきりにしないと、この約定は成り立たないんですかね」

「そのつもりです」

　ころころと、お登美が笑った。

「先生、お顔に似合わぬ策士《さくし》ですねえ。油断ならないこと。でも、わかりましたよ。久能さまのお気持ちも少しは……ほんとに少しですけれど、わからないじゃないですからね。この部屋で朱波と二人、お話しすればいいでしょう」

「お登美さん、ありがとうございます」

「お礼なんていりませんよ。先生に揉んでもらうためなら、このくらいのことはしなくちゃね。でも、刻《とき》は切らせてもらいますよ。長くて一刻、いいえ四半刻。それでいいですね」

「構いません」

「では、四半刻したら声を掛けますからね。あ、それと、先生って目が見えないせいなのかどうか、他人よりずっと勘《かん》が鋭いって仰《おっしゃ》ってましたよねえ」

「はい。人の身体って失ったものを補おうとして変わるものらしく、わたし、耳も鼻も勘も他人よりずっとよく利《き》くんです。ですから、誰かが隣の部屋に潜《ひそ》んでいたら、すぐにわかりますよ。それに、十丸もおりますしね。犬の鼻なら人の匂いなど難なく嗅《か》ぎ当ててしまいます。気配は消せても、匂いだけはどうにもできませんからね」

「まっ、先生ったら」

ほほほほほ。お登美の笑声が頭の上から降ってきた。

「あたしに釘を刺してんですか。ご安心を。盗み聞きなんてしませんから。先生の機嫌を損ねて、この約定書が反故《ほご》になったら目も当てられませんものね。それくらいの知恵は回ります」

――よく言うな。お梅の勘のことを自分から探ってきたくせに。ふん、盗み聞き、盗み見する気満々だったのではないか。

十丸が嗤《わら》い、何を思ったか「わん」と一声、吼《ほ》えた。

「きゃっ。急にどうしたのさ。えっと。十丸さまだったよねえ。ふふ、おまえにも後で餌をやろうかね。うちの残り物はけっこう贅沢だよ」

――そんなもの、いらぬわ。好きに頭を撫《な》でたりするな、気持ち悪い。ううっ臭い、臭い。この女、これだけ白粉《おしろい》臭かったら、どこに潜んでいても嗅ぎ当てられるに決まっておる。犬の鼻を借りるまでもないわ。

十丸は露骨《ろこつ》に顔を顰《しか》めたけれど、お登美は気が付かない。そのまま、部屋を出て行った。その足音が遠ざかり消えてしまうと、十丸はお梅を呼んだ。

「お梅」

「なあに」

「なあにではない。おまえ、何をするつもりなんだ」

「久能和左之介さまをお助けするの。そのつもりです」

「助けるってどうやってだ。何か算段があるのか」

「あります。だからね、十丸」

「ああ、いい。もういい。何も言わなくていい」

両手を前に出し、左右に振る。全力でお梅の言葉を拒んでいるような仕草だった。

「おれはなにも聞かないし、言わない。金輪際、何も知らぬことにする」

「つまり、関わり合いたくないと言ってるのね」

「そうだ。おまえに関わり合って、ろくなことになった例《ため》しがないからな」

「それは、幾らなんでも言い過ぎよ、十丸。ふふ、でも駄目よ」

「駄目だと？」

十丸が眼を見開く。銀鼠色《ぎんねずいろ》の輪のある眸《ひとみ》に影が走った。身構えるように、姿勢を硬くする。

「そう、駄目なの。あんたは、わたしと関わり合わなきゃならないの。ろくなことになってもならなくても、わたしの傍《そば》にいて、わたしを助けてくれる。それが十丸でしょ」

「ふざけるな。何を好き勝手に言っている。おれは、お前を助ける義理などないからな」

「そんなこと言わないで。十丸、この通りだから力を貸して」

両手を合わせ、拝むように頭を下げる。

「ふん。そんな殊勝《しゅしょう》な真似をしても無駄だ。おれは、あの白粉臭い女とは違う。おまえの口車にまんまと乗せられたりはしないからな。甘くみるなよ」

「鴨飯《かもめし》、こしらえようかしら」

独り言のように呟く。独り言のようではあるが、十丸の耳に十分に届くように、だ。

「鴨肉を奮発して、しっかり入れてこしらえようと思うの。それに、大根と鰊《にしん》の炊き合わせと豆腐のおつけでも加えて……どう、十丸、いいお膳ができるわよ」

「う……お梅の鴨飯か。鴨肉がたっぷり入った……」

「そうそう。鴨飯、大根と鰊の炊き合わせ、豆腐のおつけ。あら、十丸、涎《よだれ》が出そうよ」

「ふざけるな。このおれが、涎など出すわけがなかろう。う、しかし、まあ……いい。今度だけは力を貸してやる。いつも、こうはいかぬからな。そうだ、いつもいつも、鴨飯でおれを釣れるなんて思うなよ」

「そんなこと考えたこともないわ。十丸が鴨飯を好きだから、こしらえてあげようって思っただけ。いつも苦労を掛けてるから、わたしに出来るやり方で労《いた》わってあげたいなって、そんな気持ち。だから、下心なんてちっともないの。えっと、それでね、十丸。お願いがあるの」

さも嫌そうに、十丸は口元を歪《ゆが》めた。

「下心がみえみえではないか。言っとくが、聞ける願いと聞けぬ願いがあるのだからな」

「先生をお呼びしてくれない？」

「爺さまを？ 何のためだ。今回は爺さまに頼らねばならない病人はおるまい。和左之介の凝《こ》りはおまえの力で何とかなるのだろうが」

「そうじゃないの。今回は、先生の医の力をお借りするんじゃなくて天竺鼠《てんじくねずみ》の方なのよ」

十丸の垂髪が揺れる。眉間《みけん》にくっきりと皺《しわ》が現れた。お梅の話を解しかねて、少しばかり戸惑っているのだ。しかし、その戸惑いの底に、解しかねる話を面白がっている閃《ひらめ》きがあった。

お梅は、それを見逃さない。さらに、十丸に迫る。

「お願い、先生に逢いたいの。そうだ、先生の分も鴨飯をこしらえるわ。お酒もつけましょ」

十丸が〝爺さま〟と呼ぶ老人の正体をお梅は知らない。老人が本当に老人なのか、そもそも人の秤《はかり》で齢を量れるのかどうかもわからない。

人でないことだけは確かだ。十丸だって人ではない。むろん、犬でもない。人の目には白い大きな犬に見えるという、ただそれだけだ。老人は、お梅に揉み師としての技《わざ》を教えてくれた。だから〝先生〟だ。痩せて貧弱な風采《ふうさい》をしている。無類の酒好きで、いつも酔っぱらっているようでもある。しかし、人の心についても身体についても、揉み技の極意についても、お梅には見通せないほどの深い知見を持っていた。

お梅が盲《めし》いたときから、ずっとお梅の近くにいて、ときに支え、ときに励まし、ときに救ってくれた。先生と十丸がいなければ、お梅は江戸で生きてはいけなかっただろう。でも、先生は十丸のように、いつも傍にいてくれるわけではない。ひょいと姿を消して、一月も二月も顔を見せないと思ったら、十日近くお梅の家でごろごろしていたりする。そして、人には先生が天竺鼠に見えるらしい。お昌によれば、「ぼさぼさの艶《つや》のない毛をした、年寄りの鼠みたい」だそうだ。ちなみに先生も鴨飯は大好物だった。

「爺さまに、天竺鼠として働いてもらいたいのか？」

「うん、ちょっと調べていただきたいことがあって。それが多分、天竺鼠の方がいいと思ったのよ、わたしも、さっき閃いたばかりだから、ちゃんとは説き明かせないんだけど……」

「さっきというと、白粉女とやりとりしている間にか？」

「お登美さんよ。白粉女だなんて、妖怪みたいな呼び方しないで」

十丸がすっと横を向いた。足音を聞いたのだ。忍びやかな、耳を凝らさねば聞きとれないほどの音だ。さっきのお登美のしっかりしたものとは、ずい分と違う。弱々しくて、今にも消え入りそうだ。

「失礼いたします」

障子戸が横に滑り、一人の女が入ってきた。

黒襟に格子縞《こうしじま》の木綿小袖《もめんこそで》、昼夜帯。町方の娘の形《なり》だ。化粧はしていなくて、髷《まげ》もきっちり結ってはいるが、紅《あか》い縮緬《ちりめん》の手絡《てがら》と木櫛《きぐし》の他に飾りはなかった。いたって、質素な姿だ。身ごしらえだけではなく、顔つきも地味な様子だ。ただ肌が滑《なめ》らかで白いのと唇《くちびる》がぷっくりと厚く、艶やかに紅いので化粧映えはするだろう。

こういう諸々を十丸は手短に伝えてくれた。

か、そういうものが感じられん。そこのところは、おまえもわかるだろう。
──窶《やつ》れているとか、病んでいるというよりも疲れている。そんな風だな。気力とか生気と

ええ、そうね、まるで萎《しぼ》んだ花のようだわ。

さっきまで、賑《にぎ》やかに精一杯生きているお登美を相手にしていたせいもあるのだろうか、女の萎んで、散る間際の花に似た儚《はかな》さが際立って感じられる。

「……朱波と申します」

「お芳さんですね」

声に向かい、お梅は身を乗り出した。

「朱波です。他に、名前はありません」

「お芳さん、でもね」

「その名前で呼ばないで。とっくに捨てました。お芳という女は、もうこの世にはおりません。死んでしまいましたから。この世から消えてしまった……」

女が声を振り絞る。喉の奥から、無理やり押し出しているみたいだった。

「あなたが殺そうとしているんですね」

「え……」。息を呑《の》み込む気配がした。その息が震えているのもわかった。

「お芳という女をあなたは無理やり殺そうとしているのでしょ。子どものころ久能家で暮らしていたことも、和左之介さまと再び出逢ったことも、心を許し合ったこともみんななかったこ

とにして、お芳さんと一緒に闇に葬《ほうむ》るつもりなんですよね」

お梅は素早く手を差し出し、女の手首を掴《つか》んだ。盲いているお梅がそんな動きをするとも、できるとも思っていなかったのだろう、女は「あっ」と小さく叫んだだけで、抗《あらが》いもしなかった。細い手首から微《かす》かな脈が伝わってくる。生きている者の証《あかし》だ。

「力を抜いてくださいな。ちょっとの間、わたしにお手を委ねてくださいな」

お梅は、女の手を開かせ、手のひらをゆっくりと揉んだ。

「膝を崩して、楽にして。それから、顎も楽にしてください。ずい分と長く、強く、嚙《か》み締めていたんでしょう」

「どうして……どうして、それを……」

「人の身体は繫がっていますからね。手のひらや腕を揉むと、わかるんですよ。あなたは、お芳さんを葬ろうと、奥歯を嚙み締め続けてきた。そうでしょ」

返事はない。硬く張っていた手のひらが徐々にだが解《ほぐ》れていく。それは、女の身体から力が抜けていくことでもあった。身体が解れなければ、心は和らげない。心が強張《こわば》ったままだと、身体は柔らかくならない。どちらをどう揉み、楽にしていくか。難しい。手順を違《たが》えると、何もかもが無駄になる。どれほど懸命に揉んでも、役に立たない。

難しい、難しい。底がないほど難しい。

誰も彼もそうだ。燈子《とうこ》も、和左之介も、お芳も。

人とはつくづく難しい生き物だと思う。難しく、哀しく、愛しい。

「お芳さん、駄目ですよ。人一人を葬るなんて、そう容易《たやす》くできることじゃない」

指の付け根を揉み、一本一本解していく。手のひらを押し、血の巡りを確かめる。

悲鳴を上げているようだ。地に伏し、天を仰ぎ、身を捩《よじ》りながら泣き喚《わめ》いているようだ。

この人は、ずっとこうして生きていた。

おそらく、あの騒動の後、ずっと千切れそうになる心を何とか保ち、起き上がることもできぬ身体を引きずって生きてきた。

「わたしは、お芳さんを殺させたりしませんよ」

はっきりと告げる。女の手首がひくりと震えた。とっさに、引こうとする。その手首を強く握り締める。さっきより熱い、脈も確かになった。

ほら、こんなにも懸命に生きようとしているじゃないですか。

「そして、久能さまも死なせたりしません。何があっても、死なせはしない」

強く言い切る。女はもう動かなかった。お梅の指に手首を捕らわれたまま、微動だにしない。

「和左之介さま」

息の音と共に、甘やかに名を呼ぶ声が漏れた。

「わたしもあの方も、生きていていいのでしょうか」

「はい」

「生きていていいのでしょうか。生きていていいのでしょうか。生きていても……」

「生きねばならないのです」

お梅はもう一度、女に告げた。見えない目を真っすぐに向ける。

「生きたいと望んでいるのなら、生きねばならないんです。わかりますね、お芳さん」

朝の光が障子を照らす。その白っぽい輝きは、お梅にもわかる。光の中で頤《おとがい》を震わせる、女の顔は見えないけれど、光と同じくらい感じ取れた。

雀《すずめ》が鳴いている。風が庭の木々を揺らしている。障子がさらに白く輝く。

お梅はゆっくりと、朝の気を吸い込んだ。

九　心のままに

あぁと、お登美《とみ》が声を漏《も》らした。商売とかかわりあるのかないのか、何とも艶《つや》っぽい声だ。肌も汗でしっとりと濡《ぬ》れている。おそらく、頬《ほお》は桜色に染まっているだろう。

「お登美さん、では起き上がってくださいな。楽な姿勢で座って」

お梅《うめ》の指図通り、夜具《やぐ》の上に座ると、お登美はまた満足気な艶っぽい声を出した。

「あぁ、何て気持ちいいんだろう。先生に揉《も》んでもらうとほんと生き返りますよ。でね、男を相手にするなんて、どうでもいいって気になりますよねえ。こんな台詞《せりふ》、女たちには聞かせられないけど」

お梅はお登美の背に両手を添え、耳元で囁《ささや》く。

「ゆっくり息を吸ってくださいな。そして、吐きますよ。ゆっくりです。できるだけ大きくゆっくりと、はい、吸って、一つ、二つ、三つ、四つ。そうです。じゃあ、吐いて。一つ、二つ、三つ、四つ、五つ、六つ、七つ、八つ。身体《からだ》の中の息を全部だすつもりで。ええ、ゆっくり、ゆっくり。深く、深く。急いじゃ駄目ですよ。はい、もう一度、吸ってください」

息の音が聞こえる。滑《なめ》らかな音だった。その音に合わせ、背中に手のひらを滑《すべ》らせる。

「はい、これで終わりましたよ」

「まぁ、もう終わっちゃいましたか。惜《お》しいこと」

「肩も背中も首も、ずい分と硬かったですが、少しは楽になりましたか」

「ええ、とっても軽くなりました。さすが、お梅先生。あーぁ、極楽だったわ。あまりに気持ち良くて、途中でうとうとしちゃいましたよ」

「はい、寝息を立てておられましたね」

「まっ、やだ。先生、あたし、まさか鼾《いびき》をかいたりしてませんでしたよね。それに、寝言で誰かの名前を呼んだとか……ないですよね」

「あら、寝言にまで名前を呼ぶなんて、お相手は誰なんでしょう」

「まぁ、先生ったら。からかわないでくださいよ」

お登美が朗《ほが》らかな笑い声を立てる。すこぶる機嫌がいい。凝《こ》りが取り除かれ、身も心も軽くなったのだ。そうすると、舌も軽くなる。大抵の者がそうだ。揉む前よりずっと饒舌《じょうぜつ》になるのだ。男も女も、武家も町方も、年寄りであっても若くとも、一様によくしゃべるようになる。

「お梅先生、次は二十日後あたり、それでよろしいですよね」

「はい。もちろん。また、お昌《まさ》ちゃんが日程を整えてくれると思いますので」

「ええ、ええ。あの、かわいい娘さんですね。お梅先生の都合の付く刻《とき》で構いませんからね。

刻まであたしに合わせてくれなんて、そこまで我儘《わがまま》じゃありませんから安心してくださいな」

お登美がころころと笑う。十丸《とおまる》が鼻に皺《しわ》を寄せて、肩を竦《すく》めた。

——我儘言い放題のくせに、よく言えることだ。

「うん？　先生、この犬、あたしを睨《にら》んだみたいですけど。気のせいかしら」

「あ、もちろん、気のせいです。十丸は早寝で、普段ならもうぐっすり眠ってる刻なんです。それで、ちょっと機嫌が悪いんだと思います」

「はぁ、犬が眠くて機嫌が悪くなるんですか。何とも我儘な犬ですねぇ」

——おまえに言われたくはないな。

「おや、また睨んできたような。こう言っちゃなんですが、お梅先生って何とも珍妙な生き物とお暮らしなんですねえ。おもしろいといえばおもしろいけど」

お登美の視線を胸のあたりに感じる。そこがもぞりと動いた。先生が襟の間から顔を出したのだろう。お登美が「うふっ」と吐息《といき》とも笑い声ともつかない音を出した。

「ほんと、おもしろい顔してますねえ。天竺鼠《てんじくねずみ》ってのは、みんなこんな顔してるんですか」

「あ、いえ、すみません。わたし、見えないもので」

「あ、そうでした。ごめんなさいよ。でも、愛嬌《あいきょう》があるというか、ぼさぼさしてみっともないというか……あはっ、あたし、天竺鼠を見たの初めてですよ。さっき、お梅先生の肩に止まっていたときはびっくりしちゃって、もう少しで悲鳴を上げるところでした」

「すみません。施術中に驚かせてしまって。でも、おとなしいですから、悪さはしません」

「そうですかぁ。どこか小狡《こずる》くも見えるけど……」

――そりゃあ、おまえさんが小狡いからじゃな。

先生が呟《つぶや》く。呟いた後、にっと笑った。

――鼠は鼠。犬は犬。その顔が小狡かったり善良に見えたりするのは、おまえさんの心持ち次第よのう。むふふふふ。

「えっ、こ、この鼠、今、笑いませんでした」

「え、いや、そんなことはないと思います。お登美さんの見間違いじゃないですか」

「……そうですかね。揉んでもらって目はすっきりしてるんですが……。まっ、そうですよね。いくら天竺鼠とはいえ、笑うはずがありませんね」

――むふふ、女将《おかみ》、さかんに目を擦《こす》っておるぞ。わりに素直な性質《たち》じゃの。むふふふ。

先生が楽しげに笑う。お梅は笑うどころではない。

まだ、大切な仕事が残っている。これからが勝負だ。そう思うと、頬のあたりが強張《こわば》ってくる。先生が肩に移り、耳元で囁いた。

――お梅、力むなよ。手筈《てはず》通り、落ち着いてことを為すのじゃ。落ち着いておれば、たいていのことはできるもんじゃ。逆に、慌てると碌《ろく》な結果にはならん。あれはいつだったか、わしが下総《しもうさ》の国を旅しておったときに……。

先生、長いです。今、そんな悠長《ゆうちょう》に話してる暇はありません。

――うむ？　そうか、そりゃあ残念じゃな。では、下総の話は次の機会じゃな。

先生はお梅の肩の上で髭《ひげ》の掃除を始めた。お登美は手早く身なりを整えているらしく、衣擦《きぬず》れの音が響く。

「先生、やはりお部屋を用意しましょうか。もう遅いですし」

「あ、いえ。お気遣いなく」

「おや、やはりお帰りになるんですか？　夜道は危なかないですか。真っ暗だし……あ」

お梅には昼も夜もあまり違いはないと気が付いて、お登美は息を呑《の》み込んだようだ。

「なんだか、さっきから口を滑らせてばかりで、お梅先生、気を悪くしないでくださいね。いえ、お梅先生の動きがあんまり滑らかなものだから、ついつい……」

お登美は本当に恐縮しているようだった。語尾が細くなる。

いい人なんだわ。

ふっと思った。性根まで腐ってはいない。でも……。

「お登美さん、お話があります」

「話？　え、何なんです、急に。やだ、お梅先生、あたしの身体でどこか悪いところがありましたか。まさか、そんな話じゃないですよね」

「違いますよ。お登美さん、ずい分と凝ってはいましたが病に罹《かか》っているとは思えません。血の巡りがよくなると、六腑《ろっぷ》、とくに胃の腑や三焦《さんしょう》の動きがよくなるので、お小水が近い気がするでしょうが、それは病でも何でもありません。ええ、お登美さんはお元気ですよ。わたしが感じる限りでは、ですけれど」

「まあ、そうですか。よかったこと。安心しました。それじゃ、お話って？」

「お芳《よし》さんのことです」

お登美の気配が、一瞬で固まった。

「朱波《あけは》……。まだ、あの娘《こ》に拘《こだわ》ってるんですか」

ややあって、そう答えた声はひどく冷たく、低かった。

「あたしはお望み通り、お梅先生と朱波を逢わせたじゃないですか。どんな話をしたか存じませんがね、朱波は月明けから店に出すつもりですよ。いつまでも、お気楽に養生できる身分じゃないんですから。あの一件からこっち、朱波目当ての客がさらに増えてましてねえ。まあ、普通の商売屋だと疵《きず》にもなるでしょうが、そこは女郎宿ですからね、ふふふ。まあ、朱波にはしっかり働いてもらわないと、うちも困りますので」

「でも、お登美さん、久能《くのう》家からかなりの額の金子《きんす》を受け取ったんじゃないですか。騒ぎを起こした弁償金として。それに、お芳さんからもそれを上回る金子を受け取ってますよね」

「朱波から？　ま、何を言うんです。あの娘に罪はありませんよ。悪いのは、みんなお武家さまですからね。さすがに、あの一件で朱波に過料を出させるほど非道じゃありませんよ。見くびらないでもらいたいもんだ。お梅先生、そんな言い掛かりをつけて、どうするつもりです」

「あの一件とは関わりありません。関わっているのは、これです」

お梅は懐《ふところ》から一枚の書付を取り出した。

「……え、それは」

「お芳さんの借用証です。お芳さんが『かずら屋』に売られてきたとき、幾《いく》らの借金を背負い込んだか。ここに記《しる》してありますね。七両二分です」

お登美の気配がひくりと動いた。

「お梅先生、見えてるんですか」

「見えません。見える者に教えてもらいました」

「見える者って……」

肩が軽くなる。先生が畳《たたみ》の上に飛び降りたのだ。続いて、「チチッ」と甲高い声で鳴いた。

「えっ？　何なの、この鼠。後ろ脚で立ってますよ」

「あ、鼠のことは気にしないでくださいな。ともかく、お芳さんは七両二分で売られてきたわけです。そこは間違いないですよね」

「そりゃあまあ証文通り、間違いはありませんが、その証文をどうやって手に入れたんです？　帳場の戸棚に仕舞い込んであったはずですよ。まさか盗み出したんじゃないでしょうね」

お登美の口調はもう落ち着いていた。慌てふためいて醜態《しゅうたい》をさらすなどという真似《まね》はしない。

さすがに肝が据わっている。ただ、その分、尖《とが》っていた。

「申し訳ありません」

お梅は深々と頭を下げた。

「一時、お借りいたしました。咎《とが》だとは重々承知しております」

「まっ、お借りしたなんてよく言うこと。盗人《ぬすっと》じゃないですか。え、でも、どうやって盗み出したんです。戸棚といっても金庫と同じようなものなんですよ。鍵が二重に掛かるような造りになっていて、番頭が帳場には座っていて、いつ、どうやって盗み出せたのか……。いいえ、鍵が外れていたら、直《す》ぐに気が付くはず」

お登美は視線を借用証に向けたまま、呟き続ける。

「ええ……あたしも、帳場は何度も覗《のぞ》いたけど、間違いなく鍵は掛かってた……。考えれば考えるほど、この借用証がここにあるのはおかしいじゃないですか。それとも、それ、偽物《にせもの》なんですか。あたしを騙《かた》るつもりじゃないでしょうね」

「本物です。お登美さんにはわかるでしょう」

「それは確かに、まあ……偽物には見えないけど。でも、それならどうして……」

お登美の呟きを鳴き声が遮《さえぎ》る。

「チチチッ」

「え、鼠？　この鼠が……まさか」

——そのまさかじゃ。戸棚の裏側に穴が開いとるぞ。ありゃあ、家鼠の仕業《しわざ》じゃな。ああいうのを放っておくと穴はどんどん大きくなるものよ。危ない危ない。用心が足らんのう。

——馬鹿馬鹿しい。鼠は戸棚を齧《かじ》りはしても、証文を盗み出したりはせぬわ。

十丸が口を挟む。先生はまた、愉快そうに笑った。

「これはお返しいたします」

お梅の差し出した証文をお登美はひったくった。

「お登美さん、本当のことを教えてください。お芳さんの借金、とうに支払い終わっているのではありませんか」

「はぁ？　そんなはずがないでしょ」

「でも、お芳さんは『かずら屋』の板頭《いたがしら》だったわけですよね。お登美さんがそう仰《おっしゃ》いましたものね。だとしたら、七両二分という借金はとっくに返していても不思議じゃないと、いいえ、返し終わっていない方がおかしいと思えるのですが」

お登美の笑い声が頭上から降ってきた。甲高く、作り物めいて、耳に刺さってくる。

「まあまあ、何を言うかと思えば。あのね、素人《しろうと》にはわからないだろうけど、朱波の借金はこれだけじゃないんですよ。これは、ほとんど支度金みたいなものさ。まだ、何にも知らない小娘の面倒見て、飯を食わせて、着る物を用意してやって、男を相手にする手管《てくだ》を教えてやってと、一人前の遊女にするのにはそれなりの金がかかってるんだよ」

「それも、借金の内だと？」

「当たり前じゃないか。朱波の借金はね、こんなものじゃないんだよ。あの娘はまだ二年ほどしか働いちゃいない。まだまだ、これから稼いでもらわなくちゃならないんだ」

お登美の物言いが険《けわ》しく、荒《あら》く変わっていく。

「だいたいね、あの娘は男と心中しようとした。そして、あれだけの騒ぎを起こした。その後始末だって、ずい分と金を使ったのさ。その上、ここ数日は客もとれない。商売にならないんだよ。こっちとしては、思ってもなかった費《つい》えを出さざるを得なくなっちまった。ほんとに、とんでもないことさ。むろん、その費え全ては朱波の借金に上乗せする。過料じゃないし、うちが阿漕《あこぎ》なわけでもない。ずっとずっと昔から、それが遊里《ゆうり》の習いってもんなんだ」

「では、幾らなのですか」

「え、幾らって？」

「お芳さんの借金です。あと、幾ら残っているのですか」

「そんなこと、ここでわかるわけないだろ。やれそれに言える金額じゃないよ。ともかく、まだまだ、たっぷり残ってる。それが嘘偽りのないところさ」

「でも、証文はありませんよね」

お登美が口を閉じた。その代わりのように視線がお梅に注がれる。肌がちりちりと炙《あぶ》られるようだ。それほど強い。

「……お梅先生、あんた、何にも知らないだろうから教えてあげるけどね。遊女の借金なんて転がる雪玉《ゆきだま》みたいなもんさ。減ることも小さくなることもない。どんどん増えていく、大きくなっていく。そういうものなんだよ。証文？　ふふっ、笑わせるんじゃないね。そんなものは何の用も為さないさ。いったん、苦界《くがい》に堕《お》ちたらね、少なくとも十年の年季が明けないうちはどこにも行けやしないんだよ。年季明けまで生き延びられたら、だけどね」

「お登美さんは生き延びられたのですね」

「あたし？　ああそうだよ。あたしは死ななかった。地獄の底を這《は》いずり回りはしたけど、他の女みたいに、ぼろぼろになって死んでいくなんて惨《みじ》めな末路《まつろ》は迎えなかったさ。それどころか、こうやって自分の見世《みせ》まで持てた」

そこで、お登美は息を軽く吸い込んだ。おそらく、胸を反《そ》らせたのだ。

「あたしはね、そんじょそこらの女とは違うんだ。だから、お梅先生、あんたの下手な脅《おど》しなんて通用しないのさ。痛くも痒《かゆ》くもないんだよ。女たちをどう扱おうと、あたしの勝手なんだ。何にも知らない他人が横合いから口を突っ込むんじゃないよ」

「でも、ずい分と深く凝っていましたよ」

「え……」

「身体の凝りです。身体の芯まで凝っていて、今日一日ではとても取り切れませんでした」

二度、三度揉み療治を続けても取り切ることはできないだろう。それほど、深く執拗《しつよう》な凝りだった。あまり揉み過ぎるとかえって、身体を痛める。お梅はぎりぎりで施術を止めた。

「あれは長い年月のうちに、お登美さんの内に溜まり、淀《よど》んだものですよ。お登美さん、女たちをどう扱おうと勝手だなんて、嘘ですよね。ほんとうは、惨《むご》いことをしてるってわかっていますよね。お登美さんは悪人にも非情にもなり切れない。でも、なり切らなければ商《あきな》いは続けられない。だから無理に悪人にも非情にもなり切ろうとしてきたんですね。無理やり自分の気持ちを押し隠しても、なり切ろうとした。その無理が、歪《ゆが》みが凝りになり、身体の奥で固まり、お登美さんを苦しめてきた」

「ま、好き勝手なことを……」

「お登美さん、わたしにはわかるんです。ただ身体が凝っているだけなのか、もっと深い心の凝りがあるのか、わかるんです。この指が教えてくれるんですよ」

両の指を広げ、前に出す。手のひらにお登美の眼差《まなざ》しを感じた。さっきの炙るような熱さはなかった。

「お登美さん、少し楽にしてくださいな。心を緩《ゆる》めないと、このままじゃ……」

「このままだと、どうだってんだい」

「身体の内が動かなくなります」

凝りは全てを固まらせる。鈍くさせる。血の流れも気の通いも滞り、五臓六腑は冷えて疲れ果てる。病はそんな人身の隙《すき》を見逃さない。するりと入り込み、痛めつけ、ときに命まで奪う。

奪われた者を何人も見てきた。もう少し自分を歪めなければ、楽に息ができる暮らしを選んでいたら、あと半年早く揉み療治を始めていたらと、唇《くちびる》を噛んだことも二度や三度ではない。

それにしても……。

お梅は思わずため息を零《こぼ》しそうになった。

それにしても、燈子《とうこ》といいお登美といい、どうしてこうも頑《かたく》なに心身を強張らせてしまうのか。武家の女と女郎宿の女将、身分も生き方もまるで違うのに、同じように凝りを芯に貼り付けている。剝ぎ取るのが容易ならぬほど幾重にも巻き付けている。

心のままに生きる。それがどれほど難儀なことか、お梅だってわかっている。心のままに生きることが正しいわけでも、幸せなわけでもないとも解している。けれど、人は心に背いて生き続ければ必ず歪む。心身がねじ曲がり、軋《きし》む。酷《ひど》ければ折れて、砕け散る。

己が己の心から目を逸《そ》らしていると弁《わきま》えているなら、まだ語りもできるだろう。なぜ、目を逸らしてしまうのか考えもできる。考え、語れるのだ。けれど、燈子のように、お登美のように目を逸らしていることさえ気が付かない、気付こうともしない人たちは、知らず知らずのうちに自分の芯を硬く凝り固まらせ、思案する力も手立ても失うのだ。

でも、まだ、間に合う。

お梅は胸の内で頷《うなず》く。燈子もお登美も、刻を掛けて丁寧に揉んでいけば、解《ほぐ》せる。解れた身体と頭が問うてくれるだろう。

さて、これからどうする。心に沿って生きるか、背いたまま生きるか。

そこで答えを出すのは、燈子自身、お登美自身だ。どんな答えであっても、己の出した答えなら受け入れられる。

お梅は自分の技の力を、女たちのしたたかさと潔《いさぎよ》さを信じていた。

「動かなくなる……ふん、今度はそっちの方角から脅してくるわけだ。まったく、あんたも隅に置けない娘だねえ。感心するよ。けど、どんな脅しをかけたって朱波は渡さないよ。あれには、これからも稼いでもらわないと」

お登美が口をつぐんだ。ごくりと喉が鳴った。

「ちょっと、お待ち。あんた、まさか……」

障子《しょうじ》が開く音、「誰か、誰かいるかい」。お登美の叫びに近い声。慌ただしい足音。

「へい。女将さん、お呼びですか」

「銀蔵《ぎんぞう》、朱波はどうしてる」

「へ？　そりゃあ、部屋で横になってるのと違いますか。まだ二、三日は休ませるって女将さん、仰ったじゃねえですか。あ、そういやあ、ちょっと前に厠《かわや》に行くとかで」

「見ておいで」

金切り声がぶつかってきた。

「朱波の様子を見てくるんだ。愚図愚図《ぐずぐず》するんじゃないよ、すぐに、お行き」

「あ、へ、へえ」

足音が遠ざかる。お登美の乱れた息の音が耳に届いてきた。

――むふふ。なかなか、お頭《つむ》の回りが速い女子《おなご》ではないか。むふふふ。

先生が笑う。悪童《あくどう》が飛び切りの悪戯《いたずら》を思い付いた、そんな調子のちょっと怪《あや》しそうでありながら、どこか楽し気な笑い方だ。十丸はむっつり、押し黙っていた。

「お登美さんはお金の値打ちを知ってますよね」

「は？　急に何を言いだすんだ。あたしを言い包《くる》めるつもりかい」

「いいえ、お登美さんを言い包める自信なんかありません。わたしは思ったことを口にしただけですよ。お登美さんがこの世でお金がどれくらい役に立つか、生きていく上で大切か知り過ぎるほど知っているだろうと」

「当たり前だろ」

激しい口調でお登美がお梅の言葉を遮ってくる。

「真心だ慈愛《じあい》だと綺麗事を並べたって、そんなもので腹はふくれないよ。誰も助けちゃくれないんだ。はは、綺麗事で生きていけるのは、誰かに養ってもらえる甘ったれだけだよ。この世は金が全てじゃないか。金がなけりゃ野垂れ死ぬか、他人に踏み躙《にじ》られながら生きるしかないんだよ。あたしは、そんなの真っ平だからね」

「お登美さんの生き方はわかります。仰ることも真実ですよね」

お梅は深く首肯《しゅこう》した。

「わたしも自分で自分を養っていますから、お金の大切さは身を以《もっ》てわかっているつもりです。でも、それは飽《あ》くまで己の力、己の才覚《さいかく》で得た金子のことですが」

お登美の息の乱れは、いつの間にか収まっていた。

「……何が言いたいんだい」

「やり過ぎです、お登美さん。才覚ではなく悪巧《わるだく》みで幾ら金を儲けても、所詮、泡銭《あぶくぜに》でしかありません。こんなことを続けていると、いつか、身を亡ぼしますよ」

暫《しばら》く、お登美は無言だった。それから、突然に笑い出す。

「あははは、なに寝言を言ってんのさ。身を亡ぼす？　上等じゃないか。あたしは女郎宿の主《あるじ》だ。亡八《ぼうはち》なんだよ。とっくに人の道から外れている身さ。今さら亡びるも、消えるもあったもんじゃないね。そんなことを恐れたりするもんか」

「では、現《うつつ》のお裁きも恐れはしないと？」

お登美が空咳を繰り返した。一瞬の戸惑いを誤魔化そうとしたのだ。お登美の顔や仕草は見えない。でも、いや、だからこそ、気配は見える。お登美は確かに戸惑い、慌てた。

「お裁きって、何のことかね。お上の取り締まりで、あたしが捕まるとでも？　はっ、お門違いの心配だね。上辺だけの取り締まりなんて幾らでも抜け道はあるんだよ」

「取り締まりのことじゃありません。あの一件のことです。久能さまとお芳さんが相対死《あいたいじ》にをしようとした事件です」

「はぁ？　何度、その話を蒸し返せば気が済むんだよ。あれは、もう済んだことさ。久能さまに切腹の沙汰《さた》が下ったのは気の毒とは思うけどね、しかたないさ。自業自得ってやつだろ。己の不始末を己で償う。それでいいじゃないか」

「いいえ、あの一件はまだ終わってはいません」

お梅は膝の上で手を重ねた。背筋を伸ばす。

ここからだ。ここからが、勝負だ。

――お梅、力むでないぞ。落ち着いて、落ち着いて。うほほほほほ。

先生の心持ちしわがれた声音が耳朶《じだ》に触れる。絶妙の頃合いだ。

そうだ、力んじゃいけない。勝負はいつだって平心を保った方が勝つんだから。

お梅は身体から力を抜き、お登美に顔を向けた。

「なぜなら、あれは仕組まれたものだったのですから」

返答がやや遅れた。寸の間の狼狽《ろうばい》だ。

「仕組まれた？　あんた、何のことを言ってるんだい。ええ？　わけのわからない言い掛かりをつけるんじゃないよ。あたしは忙しいんだ。いつまでもおとなしく話を聞いてると思わないでおくれ。もういいから、とっとと帰りな」

――おお、おお。捲《まく》し立てておるぞ。意外にわかり易い女子じゃの。痛いところを衝《つ》かれると饒舌になる。しゃべりで何とか誤魔化そうとする。むふふふふふ、わかり易い。わかり易い。しかも目を剥《む》いて、頬辺が紅《あこ》うなっておる。むふふふ、見た目もわかり易いのう。

——爺さまの方がよほど饒舌ではないか。ここはお梅に任せて、黙っておれ。

十丸がぴしゃりと言い切る。先生が唇を尖らせ、肩を窄《すぼ》めた。

「あの事件は仕組まれたものです。仕組んだのは、お登美さんですよね」

「はぁ？　ほんとに、まったく勘弁しておくれよ。さっきから、わけのわからないことばっかり……もういいよ。あんたの戯言《たわごと》に付き合ってられない。さ、さっ、お帰り。帰らないなら力尽くで叩《たた》き出すよ」

「誰が亡くなりましたか」

丹田《たんでん》に力を込め、言い放つ。

「お登美さん、お尋ねします。今度の件で、誰の血が流れました？」

「そ、そりゃあ、ぎりぎりのところであたしたちが止めたから、事なきを得たんじゃないか。でなきゃ、朱波は殺されていたかもしれないんだよ。いや、殺されていたに決まってる」

「そう、ぎりぎり、まさに計ったようにお登美さんたちは部屋に入ってきて、久能さまを取り押さえた。ええ、計ったようにです」

——おほっ。女将、額に青筋を浮かべておるぞ。まさに、鬼女《きじょ》の如《ごと》くじゃ。くわばら、くわばら。しかし、見ている分にはおもしろいのう。

先生が伝えてくれる。どこまでも楽しんでいる風だ。

「お芳さんが本当のことを話してくれました。あの夜、久能さまとは確かに相対死にの話をした。お芳さんも心が動いたようです。今世ではどうにもならなくても来世でなら共にいられる。そう思い、死んでもいいと頷きかけた。けれど、すぐに思い直したそうです。お芳さんは、死ぬことで現の苦しみから逃げたくなかったと言ってました。生きてさえいれば、十年後、二十年後でも巡り合える運があるかもしれない。ならば、現で再び逢えると信じて生きていきたい。そう思ったのだと……」

信じることを縁《よすが》にすれば生きていけます。芳は生きていけます。ですから、和左之介《かずさのすけ》さまも生きてください。和左之介さまが同じ江戸の地で暮らしておられる。そう思えば、どんな苦労にも負けはいたしません。

お芳の必死の一言一言を和左之介は黙って聞いていた。そして、お芳を抱き寄せた。『かずら屋』の男衆が雪崩《なだ》れ込んできたのは、そのときだった。男衆は地廻りと大差ない乱暴者たちだ。用心棒や付馬《つけうま》の役目を担い、当然ながら諍《いさか》いには慣れている。武士とはいえ、さほど剛力でもない和左之介を押さえ込むなど造作もなかった。

今朝、お芳はときに俯き、ときに声を詰まらせ語った。

お梅は聞いたままを遊女屋の女将に告げる。そして、自分の思案を伝える。

「和左之介さまは取り押さえられ、相対死にを企《くわだ》てた者となった。お芳さんは直の咎めこそ免《まぬが》れたけれど、さらに借金を抱えこむ羽目に陥《おちい》った。そして、久能家からは『かずら屋』に償い金として、かなりの金子が支払われた。ここまでは間違いないですね」

念を押す。お登美からの返事はなかった。

「わたし、どうしても腑に落ちないんです。こうやって語れば語るほど、今度の事件、お登美さんの一人勝ち……言い方は悪いかもしれませんが、お登美さんだけが得をした結末になっているると、思えてならないんです」

「あたしが得をしたって？　とんでもない言い掛かりだね。うちは迷惑こそすれ得なんてびた一文してないよ。あまり、ふざけたことをお言いでないよ」

「そうですか。とても、はっきりしていると思いますが。だって、そうでしょ。この騒ぎで『かずら屋』の名に傷が付いたわけじゃない。むしろ、話題になって客が増えたと、お登美さん、さっき仰いました。お芳さんは借金のかたに『かずら屋』に縛り付けられる、板頭の遊女をただ働きさせられる年月が増えたわけですね。そして久能家から渡った金子、これが一番の目当てだったのでしょうが、相当な額のはずです。久能家としては、これで手打にと望んだし、お登美さんも初めはそのつもりだったんでしょ。せしめるものだけせしめれば、それで事を荒立てる気はなかった。ただ、その後、事が露《あらわ》になって久能さまにご切腹の沙汰が下されたのは思案の外のことでしたね」

廊下を駆ける荒々しい足音が響いた。

「女将さん、朱波がいません。部屋はもぬけの殻で、どこをさがしても家内にはいませんぜ」

若い男の声が響く。お登美がゆっくりと息を吐き出した。

「あんた、何をやってくれたんだ。こんなことをしでかして、ただで済むとは思っちゃいないだろうね。覚悟はできてんだろうね」

お登美の声音《こわね》は低く凄《すご》みさえ漂わす。

「お登美さん、もう少し、もう少しだけ話を聞いてください」

「おだまり。あたしを舐《な》めるんじゃないよ。朱波は必ず連れ戻す。連れ戻せなかったら、あんたを朱波の代わりに使ってやるよ」

狼狽と冷ややかさの混ざった声だった。

十丸が立ち上がる。

「ふふん、犬をけしかけるつもりかい。いいとも、やってごらん。その代わり、生きてここから出られるとは思っちゃいけないよ」

「お登美さん、十丸は人を襲ったりはしません。余程のことがない限りは、ですが。十丸のくわえている物、それを見てくださいな」

「え……」

十丸は一冊の帳面をお梅とお登美の間に置いた。お梅には軽く放り出したように見えた。お登美には犬がくわえていた帳面を離したように目に映ったはずだ。

「これは」

お登美が息を引きつらせた。

「何で、ここに……」

十丸が横を向く。さも嫌そうに眉を顰《ひそ》める。先生は両手で口を押さえ、忍び笑いを漏らした。

十　真実の姿

お登美《とみ》が唇《くちびる》を閉じて、黙りこむ。さっきまで心地よさに上気していた頬《ほお》は青白く、強張《こわば》っていた。その表情で畳《たたみ》の上の帳面を見詰めている。

「女将《おかみ》さん」

座敷内の気配に異を感じたのか、廊下の男が障子《しょうじ》を開ける。

「どうしやした」

鋭《するど》い眼をした男だった。眼つきはわからないが、視線が突き刺さってくる。ひとたび事が起これば、命のやり取りすら躊躇《ためら》わない。そんな剣呑《けんのん》な気を放っていた。和左之介《かずさのすけ》を押さえ込んだ男たちの一人かもしれない。

「どうもしやしないよ。おまえの出る幕じゃない。引っ込んでな」

お登美が一喝《いっかつ》する。男は無言で退いた。障子の閉まる音が聞こえた。

――おぉ、この女将、やはり、なかなかの強者《こわもの》じゃ。男を顎《あご》で使う女、いいのう。わしは強い女子《おなご》が好みでな。むふふふふふ。

先生がさも嬉しげに笑う。お登美が気に入ったというのは本当らしく、終始、機嫌がいい。もっとも先生がひどく憤《いきどお》ったり、意気消沈したり、嘆《なげ》いたりしている姿をお梅《うめ》は見たことがない。十丸《とおまる》と先生だけは、お梅にもはっきり見える。そして、もうずい分と長い付き合いになる。なのに、いつも陽気で楽しげな先生しか知らないのだ。

お登美が腰を下ろした。

「その帳面、どこから持ち出したんだい」

口調は尖《とが》ってはいたが、平静を取り戻している。

「戸棚奥の隠し抽斗《ひきだし》から、お借りしました」

「また、お借りしましたかい。こちらは貸した覚えはとんとないね。だいたい、隠し抽斗をあんた、どうやって探し当てたんだかね。番頭にさえ教えていない抽斗だよ」

戸棚の奥の壁が外れ、小さな抽斗が現れる。そこに、この帳面は納まっていたと先生は言った。その後、くすくす笑いながら、

――あの程度の細工で、誰にも見つからん隠し場所になると安心するのが人の愚《おろ》かさよのう。

と、付け加えた。それだけの細工であれば、人の力では容易《たやす》く見つけられないだろうと思ったけれど、お梅は黙っていた。十丸が読み上げてくれた帳面の中身に驚き、言い返すどころではなかったのだ。

「あんた、揉《も》み師を装った盗人《ぬすっと》なのかい。全く、とんでもない輩《やから》だね」

お登美の悪態を聞きながら、お梅は短い吐息《といき》を漏《も》らした。

「この帳面は返してもらうからね。きゃっ」

お登美が手を伸ばすより先に、十丸が帳面を押さえた。

「な、なんだよ、こいつ。犬のくせに人さまに逆らおうってのかい。足をおどけ」

「お登美さん、その帳面には何が記《しる》してありますか」

問い詰める。お登美が再び声をひきつらせた。

「余計なお世話だ。関わりないことに口を挟むんじゃないよ」

「この四年間で七件、ですね」

お登美の息遣いが忙《せわ》しくなる。奥歯を噛《か》みしめて睨《にら》みつけているだろう姿が浮かぶようだ。いきり立ち、牙《きば》を剝《む》いている気配が生々しく届いてくる。

「四年前に二件、次の年に一件、さらに翌年には二件、そして、今年が二件、その内の一つは久能《くのう》さまとお芳《よし》さんの件です。お登美さんの見世《みせ》では、一年に一度か二度、必ず相対死《あいたいじ》にの事件が起こる。この帳面に記してありますね。これは、『かずら屋』での、いわば、相対死にの帳面。その日時と遊女の名と相手の名、その他諸々がきっちり書き止められていますが」

「それがどうしたんだよ。うちは油屋でも米屋でもない。女郎宿さ。男と女が絡《から》むところだよ。そこで、無理心中だの、刃傷沙汰《にんじょうざた》だのごたごたするのは仕方ないことさ。それを女将として書き残しておいて何が悪いんだい。言っとくけどね、客と遊女が懇《ねんご》ろになって共に死のうとする。そんな騒ぎが持ち上がるのは、うちだけじゃない。他の見世だって、ちょくちょく起こることじゃないか。浄瑠璃や歌舞伎でも扱われるぐらいなんだからね。あぁ、あんたは浄瑠璃も歌舞伎も見えなかったねえ。はは、気の毒なこった」

うう っ。十丸が低く唸《うな》った。

「なんだよ。主人に忠義を尽《つ》くしてるつもりかい。見えないから見えないって言っただけさ。それのどこが悪いんだよ。犬畜生のくせに偉そうにするんじゃないよ。この馬鹿犬が」

「でも、どの事件も誰も亡くなっていませんね。誰の血も流れていないんです。さっき、お登美さん自身がそのことを認めましたね」

お登美の罵詈《ばり》が止まる。

「知り合いの岡っ引の親分さんに尋ねてみました。『かずら屋』での騒動について、何か知っているかと。親分さんは、知っているのは久能さまとお芳さんのものだけだとおっしゃいましたよ。つまり表沙汰になったのは一件だけなのです。それも、久能さまが切腹を命じられさえしなければ表に出ることはなかったでしょう。ねえ、お登美さん、おかしかありませんか。相対死にの騒動が七件も起こりながら、亡くなった者は一人もいない。六件は表に出ることもなく終わってるんです。明らかに変です」

お登美が鼻を鳴らした。

「ふん。まるで死人が出なかったのが不満みたいな言い方じゃないかね。あたしが目を光らせて、ちょっとでも怪《あや》しい気配があれば、うちの男たちを部屋の外に張り付けておくからね。それで、未然に防げてるんだよ。お芳のときもそうだったって、教えてやっただろう。女たちは、『かずら屋』の大切な品なんだよ。傷付けられちゃ困るからね。まして、殺されたりしたら、こちらは大損だ。守ろうとするのは当たり前だろ」

「お登美さんにとって、女たちは品物だと？」

「そうだよ。そう割り切らなきゃこんな商《あきな》い、できるもんか」

「相対死にの企《たくら》みも女を使った商いの内になるんですか」

　お梅は帳面を手に取った。

「お登美さん、相対死に騒ぎが起こった日付の下に五十とか百とか記されているのは、脅し取った金子《きんす》の額でしょうか。つまり、お登美さんは、わざと相対死に騒ぎを起こし、それを脅しの種にしていた。獲物になりそうな男を見定め、女に言い含めて相対死にに誘わせる。もちろん、本気ではありません。そんな気持ちにさせるだけです。そして、いよいよのとき、部屋になだれ込み獲物である男を取り押さえる。あとは、相対死にを企《くわだ》てたとして、男を責め、脅し、大金を強請《ゆす》り取る。そういう手筈《てはず》が出来上がっていたのではありませんか」

　暫《しばら》くの沈黙の後、お登美の笑い声が響いた。いかにも愉快そうに、お登美は笑い続ける。

「あははは。こりゃあ、おもしろいね。いい話の種をもらったよ。あんた、目さえ見えたら戯作者《げさくしゃ》になれたのと違うかい？　よくも、そこまで出鱈目《でたらめ》を並べておくれだね。いいかい、その帳面は確かに心中の件を記したものさ。そういう騒ぎを起こそうとした客も遊女も懲《こ》らしめてやらなきゃならない。そのために、書き残しているんだよ。ああ、確かに男から金はもらったさ。当たり前のことだろう。心中はご法度《はっと》だ。万が一、どちらかが生き残れば、そいつは死罪になるほどの大罪なんだ。女より男の方が重く罰せられもする。それをぎりぎりで止めて、しかも、表沙汰にはならないように取り計らってやったんだ。多少の礼金をいただいても罰は当たらないさ」

「それが久能さまの場合は上手《うま》くいかなかったと？」

「あのお武家は運が悪かったのさ」

お登美の口調が心持ち、萎《しぼ》んでいく。

「あの日、たまたま、客の中に徒目付《かちめつけ》がいたようでね。騒ぎに気が付いちまったのさ。それで、あれこれ調べに乗り出して……。運が悪かったとしか言いようがないね」

「運が悪かったで済ますおつもりですか。久能さまは切腹を申し渡されたのですよ」

「だからそれは、こっちには関わりのないことじゃないか。武家のしきたりとやらで、そうなっちまったわけだからね。まっ、しょうがないさ。自分の犯した罪を自分で償《つぐな》うんだからさ」

「いいえ。久能さまは何の罪も犯してはいません。もちろん、お芳さんも。お二人は死のうとしていたんじゃありません。互いを支えに生き続けようと誓っていたんです。そこに、偽りはなかったはずです。それを偽りにした。真実を曲げて、相対死にの騒動にすり替えたのは、お登美さんです」

　お梅は強く、かぶりを振った。その仕草で、言い返そうとするお登美を止める。

「いえ、お二人だけじゃありません。他の方々も同じなのではと、わたしは考えております。お登美さんに言い含められた女の方はともかく、客である男は本気で死のうとしていたのでしょうか。悩みを抱えていた方も鬱々《うつうつ》として現《うつつ》を楽しめない方もおられたでしょう。そういう方だから相対死にの相手に、お登美さんの獲物に選ばれたのです。むろん、ある程度の財力のある者、お登美さんに相当な額のお金を支払える者でなければなりませんが。そのあたりも、お登美さんなら抜かりはなかったでしょうね。でも、さすがのお登美さんも、久能さまとお芳さんが昔の知り合いで、お互いを本気で想い合うようになると、そこまでは見通せなかった」

　一気にしゃべり、息を整える。

「言いたいことは、それだけかい」

　お梅の隙《すき》を衝《つ》くように、お登美が言った。冷えた声だ。その後、ため息が続く。

「ほんとに、これだけ好き放題言われたら、呆《あき》れ過ぎて怒る気も失《う》せるもんだねえ。ああ、わかった、わかったよ。もう戯言《ざれごと》を聞かされるのは沢山だ。うんざりしちまう。とっとと帰っておくれ。もう、あんたの顔なんて見たくもない。ふふん、あたしはあんたと違って、何でもはっきり見えちまうからねえ。近くにいられちゃ、嫌でも目に入るじゃないか。いらいらするから、どこかに消えておしまい。しっしっ」

微《かす》かな風を頬に感じる。お登美が手を振っているのだ。おそらく、犬や猫を追い払う仕草で。

「親分さんが調べ直しをするそうです」

一言、告げる。風が止まった。

「……何だって、今、何と言った？」

「岡っ引の親分さんです。巷《ちまた》では〝剃刀《かみそり》の仙《せん》〟と呼ばれているとか」

「〝剃刀の仙〟だって……。あんた、あの岡っ引と知り合いなのかい。いや、そんな……まさかね」

〝剃刀の仙〟こと相生町《あいおいちょう》の岡っ引、仙五朗《せんごろう》の名はお登美の耳にも入っているらしい。入らないはずがなかった。仙五朗は縄張りの本所深川《ほんじょふかがわ》あたりだけでなく、江戸の闇を裏を知り尽くしている男だ。闇に潜《ひそ》む者、裏で生きる者には誰より恐ろしい相手だろう。仙五朗は普段はときに物静かな、ときに明朗《めいろう》な気配を纏《まと》っている。知り合って、そう年月が経《た》っているわけではないが、仙五朗が粗暴《そぼう》でも残酷でもないと、お梅は察している。悪事を暴き、攻める。その一点に関してだけは適当に折り合うことはないとも、わかっている。

だから、恐れられるのだ。

「親分さんとは、わりに親しくさせてもらっています」

お梅は胸を張り、答えた。まんざら嘘ではない。さる事件絡みで、仙五朗と知り合った。ただ一度だけの関わりだ。だから、親しいと言い切るには無理がある。しかし、今このとき、少しばかりのはったりぐらい許されるだろう。それに今日の夕、仙五朗に逢い、全てを打ち明け相談したとき、はっきりと言い切ってくれた。

「ようがす。『かずら屋』を一から洗い直してみやしょう」と。

「いや、実はあっしも気には、なってたんでやす。あの見世で心中騒ぎがちょくちょくあると耳に入ってやしたからね。そのわりには、人が死んだって話は聞かねえ。妙だなと引っ掛かってはいたんでやす。実際に死体でも転がってりゃ、あれこれ調べもするし、下手人を捕らえずにはおかねえ気構えはしてやすが、『かずら屋』の場合、死人が出たわけじゃねえので、その引っ掛かりをついつい横に回してやした。けど、お梅さんから話を聞いて目が覚めやしたよ。どうやら、横に回して放っておいていい一件じゃねえようでやす」

仙五朗の口調からは強い決意が感じ取れた。お梅は、思わず安堵《あんど》の吐息を漏らしたのだ。それで、自分がずい分と気を張り詰めていたのだと気が付いた。そういえば、首から背中にかけて、ゆっくりと凝りが溜まっていくのを感じる。心を張り詰めさせたツケは、身体《からだ》に回ってくるのだ。でもと、お梅は顔を上げた。

もう少し、あと少し、踏ん張らなければならない。和左之介を理不尽な死から守るために、もう一働きせねばならないのだ。

その決意を胸に、お梅は今『かずら屋』の女将と向き合っている。

「親分さんは帳面に名前のある客たち、相対死にの片割れとなった方たちと会い、話を聞いてみると仰《おつしや》いました。本当に死ぬ気だったのか、取り押さえられる前、女とどんな話をしていたのか、『かずら屋』に脅《おど》された覚えはないか等々、詳しい話を聞き出すと」

これは、はったりではない。真《まこと》だ。今この刻《とき》も、仙五朗は夜の江戸を走り回っている。そして、真実に辿《たど》り着く……いや、力尽くで、日の下に引きずり出してくれるはずだ。

「この帳面を……親分さんに見せたのかい」

「見せました。お登美さんの企みについても、わたしの思う所を伝えました」

「ま……」

お登美が絶句する。お梅は畳みかけた。

「親分さんは、『かずら屋』の内情も探ってみると仰っていました。手下《てか》の方が既に探索を始めているはずです。わたしには、こういう見世の内情の探り方など見当もつきませんが、親分さんたちにはお手のもののようです。ですから」

「嘘だ。あんたは出まかせを言ってるんだ。あたしを脅そうとしてるだけだ」

お登美の金切り声に遮《さえぎ》られたけれど、お梅は怯《ひる》まなかった。おそらく、お登美は恐ろしいほど形相《ぎようそう》を歪《ゆが》めているだろう。でも、お梅には見えない。

見えるから幸せ、盲《めし》いているから不幸せ。人の世って、そんなに容易く二分できるものじゃないんですよ、お登美さん。

胸の内で呟《つぶや》く。現の呟きではないからお登美の耳には届かない。十丸は僅《わず》かに目を眇《すが》め、先生は口元をもぞりと動かした。

「見世のやりくりが厳しく、かなりの借金を抱えているんじゃないかと……」

「……何だって、何を言ってんだよ」

「わたしではなく、親分さんの疑念です。追い詰められると、どんな阿漕《あこぎ》なことでもやってしまう。そういう輩がいるんだと、そうも仰ってました。お登美さん、追い詰められてどうしようもなくて、こんな企てを思いついたんですか」

「何を馬鹿な……馬鹿なことを……」

お登美の声は掠《かす》れ、細り、今にも消え入りそうだった。お梅はその声に向かって、僅かばかり膝を進める。

「お登美さん、待っていたのではありませんか」

指をそっと、お登美へと伸ばす。袖に触れた。そこから指先を滑《すべ》らせ、手首を柔らかく摑《つか》む。

お登美は抗《あらが》わなかった。手を引くことも、お梅の指を振り払うこともしなかった。

「お登美さんは待っていた。わたしには、そう思えて仕方ないんです」

「待っていた……」

「はい。事が明らかになり、これ以上、罪を重ねなくて済むときを待っていた。心の奥で、自分の罪に誰かが気付いてくれるように願っていた。そうなんじゃないですか」

とくっ、とくっ、とくっ。

指先にお登美の鼓動《こどう》が伝わってくる。

「地獄に落ちる覚悟で、こんな企てを始めてみたけれど、お登美さんの善心は残っていて、ずっと疼《うず》き続けたでしょ。お芳さんから聞きました。遊女の勤めは辛《つら》いし、哀しいけれど、他の見世に比べれば『かずら屋』の女たちは大切にされていたって。ひどい折檻《せっかん》があるわけではないし、食事もちゃんとできたと。お登美さんは遊女を品物だと言いましたが、本当はちゃんと人として扱っていたのですよね。女たちに心があることを知っていた。それは、お登美さんにも心があるからです。そういう者が平気で悪事を続けられるわけがありません」

とっ、とっ、とっ。

鼓動が速くなる。お登美が大きく息を吐き出した。

「見世のためなら、強請り集《たか》りぐらいしてやるさ」

ぼそぼそと呟きに近い口調で、言う。

「けど……まさか、あのお武家が……久能家のご当主が切腹になるなんて、そこまでは考えてもいなくて……」

久能和左之介が切腹となれば、お登美はその死に深く関わったことになる。直《じか》に手を下してはいない。そんな言い訳は何程の気休めにもならないだろう。相対死にの騒動に巻き込まれさえしなければ、和左之介に切腹の沙汰が下りることはなかったのだ。

「お登美さん、まだ、間に合います」

お梅は、声にも指にも力を込めた。

「今なら、まだ、間に合います。久能さまを救うことができるのです」

お登美が手を引いた。人の身体の温もりが消えて、指先が冷えていく。

「間に合うって……あたしに、どうしろと言うのさ」

「久能さまとお芳さんの一件、見世側の間違いだったとお奉行所に訴え出てください」

「お奉行所……」

町方が訴え出られるのは、奉行所のみだ。そして、旗本《はたもと》を裁《さば》くのは若年寄配下の目付となる。そこを繋《つな》げなければ、切腹の沙汰を取り消すことはできない。

明日には、和左之介は屋敷内で自裁する。残された刻は僅かだ。

「久能さまの一件に関して見世側の早とちりだった。誰も相対死になど図っていなかったのに勘違いをして、騒いでしまったと訴えてください」

「でも、でも、そんなことをしたら……この見世は……」

「おそらく、戸締《とじめ》、もしかしたら、身代限《しんだいかぎ》りを言い渡されるかもしれません」

戸締は町人に対する閏刑《じゅんけい》の一つで、釘で門戸を打ち付け閉ざしてしまう。重くはないが、商人にとって何十日も見世を閉ざすのは、大層な痛手となる。借金を抱えた『かずら屋』では持ち堪《こた》えられないだろう。身代限りはもっと厳しく、咎人《とがにん》の財産の全てを没収される。どちらにしても、この見世は潰《つぶ》れる。それでも、命を一つ失うより、ずっとずっとマシだ。

そのとき、廊下が騒がしくなった。

「なんだ、てめえ。何を勝手に入ってきやがる」

「うるせえ、どけ」

その一喝とともに、人が廊下に転がる音が響いた。

障子戸が開く。

「まっ、あんたは」

お登美が叫んだ。障子が開くより前に、お梅には誰が現れたか察せられた。大らかでありながら険《けわ》しい。こんな、一風変わった気配を纏うのは、お梅が知っている限り一人しかいないのだ。十丸が、眉を顰《ひそ》めた。

「女将さん、ちょいと失礼させてもらうぜ。奉公人を転ばしちまったが、勘弁してくれ」

仙五朗の声が耳朶《じだ》に触れる。柔らかい物言いではあるが、その底に凄《すご》みが潜む。お登美はもちろん、その凄みを嗅《か》ぎ取っていた。気持ちの強張りが伝わってくる。

「お梅さん、お待たせしやした。遅くなりやして」

「いえ、遅くなんてありません。無理難題を押し付けてしまって、こんなに早く来てくださるとは正直、思ってもいなかったです」

「まだ、調べは途中でやすが」

〝剃刀の仙〟は、静かにそう言った。

「なにしろ、心中事件の片割れとなってるんだ。そこに纏《まつ》わる話など誰も蒸し返されたくないみてえでね、口が堅くて往生《おうじょう》しやした。けど、やっと、一人だけしゃべってくれやしたよ。深川元町《ふかがわもとまち》の履物問屋《はきものどんや》の隠居と浅草寺《せんそうじ》近くの絵草子《えぞうし》屋の倅《せがれ》でやす。お登美さん、覚えがありやすよね。帳面の三番目と五番目に名を書かれていた者でやすよ。水花《みずはな》と野分《のわき》という女郎と心中しそこなったってことになってやすね。けど、二人とも、そんな気はなかったと明言しやした」

お登美の息が心持ち、速くなる。

「隠居は老いが進んでいくのが辛くはあったし、絵草子屋の倅は三月《みつき》前に幼い娘を流行病《はやりやまい》で亡くして、気持ちが鬱々としていたそうでやす。それを女郎相手にしゃべり、泣き言を連ね、死にたいとも口にしたとか。けれど、それは本気ではなく、しゃべることで気持ちを楽にしたかっただけだったと言ってやしたよ。女郎に一緒に死のうと言われたときも、その誘いが本心だとは思ってもなかったそうなんで。二人とも、女郎の言葉を真に受けるほど世間知らずじゃありやせんからね。だから、遊びのつもりだった。美しい女郎と心中の真似事をして、この世の憂さを一時でも忘れるつもりだった。まさか、男たちに取り押さえられ、心中だ、相対死にだと騒がれるなんて夢にも思わなかったと口を揃えやしたぜ」

「やはり、そうですか」

「へえ、女郎と死ぬの生きるのと話しているところに、突然に男たちが数人、入ってきて何を言う間もなく縛り上げられ、心中の片割れにされてしまった。あっしが聞いた限りでは、二人とも寸分違《すんぶんたが》わぬ成行きでやした」

「それは、久能さまの場合も同じです」

仙五朗と目を合わせる。お梅は他人の眼差《まなざ》しを聡《さと》く感じ取れる。でも、自分のそれをしっかり受け止めてもらえることは稀《まれ》だ。大半の人は、お梅の眼差しに気が付かない。盲目の者に眼差しがあるなんて考えもしないのだろう。けれど、仙五朗はきっちりと受け止め、合わせてきた。稀、だ。十丸が、この岡っ引を厭《いと》うのも、ひどく用心するのも頷《うなず》ける気がする。しかし、お梅は仙五朗が好きだった。稀な力を持ってはいるが、邪悪《じゃあく》の気色はない。捉《とら》えどころはないけれど、曖昧《あいまい》なところもなかった。すっきりと立っている。

「女将さん」

仙五朗が低く、お登美を呼んだ。

「廊下に転がってる男をしょっぴいても構わねえかい。やけに喧嘩《けんか》っ早くて危なっかしいじゃねえか。腕っぷしも強そうで、あれなら、客を押さえ込むなんて朝飯前だろうよ。番頭さんにも、水花や野分にもじっくり話を聞かせてもらいてえんだが、どうでえ?」

不意に笑い声がした。

お登美だ。今までの作り物めいた笑声ではなく、微かな哀しみを含み、でも、さっぱりと明るい笑いだった。

「負けましたよ。あたしの負けです」

笑いの残る声で、お登美は告げた。

「親分さんやお梅先生の言う通りです。あたしが仕組んだんです。心中事件を起こそうとしたと騒ぎ、かなりの金子を強請りました。うちの女が半年から一年かけて稼ぐ額ですかね。あ、一つだけ言わせてくださいな。一番めの一件だけは、企てでも何でもありませんよ。客の男が酔って、何を思ったか女と無理心中しようとしたんです。女の首を絞《し》めてね。とっさに、女が大声を上げたから事なきを得ました。客も酔いがさめれば、自分のやったことに怖気《おじけ》づいて、相当の額の金を差し出してきたんです。これで、内密に済ませてくれってわけですよ。ええ、百両近い金子でした。お梅先生が見抜いた通り、そのころから見世が上手く回らなくなってきていて、あたしは借金を抱えてました。その借金、減るどころか増える一方でね。このままだと早晩『かずら屋』を手放さなきゃならなくなるのは明らかでした」

お登美は淡々としゃべった。お梅も仙五朗も、十丸や先生までも、身動《みじろ》ぎもせず耳を傾けている。お梅は夜の闇がじんわりと染み込んでくるように感じた。

「あたしは……お金が喉から手が出るほど欲しかった。けど、女たちを牛馬のように働かせるなんて真似、できないじゃないですか。だから、同じ手を使えば一儲けできるんじゃないかと考えたんです。二回目も三回目も四回目も……ずっと上手くいきました。でも、あのお武家の一件に限って、大事になってしまって……もう同じやり方はできなくなって……いえ、それより、あんなに若い、ようやっと大人になったばかりの若いお武家が切腹しなければならないなんて……あたしは途方に暮れて、日がな、そのことばかり考える……というか、あのお武家のことしか考えられなくなってました……」

お登美の声が切れ切れになった。しかし、次の瞬間、

「どうすりゃいいのさ」

お登美は叫んだ。

「あたしは、どうしたらよかったんだよ。見世を守りたかった。それだけなのに、どうして、こんなことになっちまうんだ。あたしは……あたしは、ただ見世を、『かずら屋』を失いたくなかった……それだけ、本当にそれだけだったんだ」

号泣《ごうきゅう》が聞こえる。耳を震わせる。お梅は答えられない。

お登美は間違っていた。道を違えてしまった。通ってはいけない道に足を踏み入れてしまったのだ。どんなに責められても申し開きはできない。自分一人の才覚《さいかく》で育ててきた『かずら屋』を必死で守ろうとした、その気持ちは十分にわかる。でも許せない。こんな守り方を許し、認めるわけにはいかないのだ。

「親分さん、刻がありません。久能さまのご自裁は明日です」

「わかりやした。女将、大番所まで来てもらおうか。そこで、うちの旦那、定町廻《じょうまちまわ》り同心の草野《くさの》さまが待ってる。そこで、もう一度、洗いざらい白状してもらうぜ」

「え、待ってください」

思わず声を大きくしていた。

「親分さん、そこは親分さんのお力で何とかなりませんか。久能さまの一件だけ、見世側の勘違いだったことにして、後の件については目を瞑《つむ》っていただくわけにはいかないでしょうか」

「いきやせんね」

寸の間の躊躇いもなく、仙五朗は言い放った。突き放す冷たさだった。お梅は食い下がる。

「親分さん、でも」

「お梅さん、どんな理由があろうと経緯があろうと、罪は罪でやす。あっしたちが勝手に罪の軽重を変えるわけにはいきやせん。人は犯した罪に相応《ふさわ》しい咎を受けなきゃならねえんで」

お梅は息を呑《の》み込む。己の甘さを突き付けられた気がした。罪の軽重。それは、お梅には手の出しようがないものであり、手を出してはならないものだったのだ。

お登美が立ち上がる。

「お登美さん……」

「お梅先生、後二回も約束ができていたのにねえ。ほんとに惜しいこと。でも、おかげで軽くなれましたよ。身体も心もね。だから……お礼を言わなきゃならないんでしょうね」

廊下に仙五朗の手下が控えていたのか、お登美と若い男のものらしい足音が遠ざかっていく。

「外に駕籠《かご》を待たせてやす」

仙五朗が囁《ささや》いた。

「お梅さんは、それを使ってくだせえ。あっしは大番所に回りやす。お登美のやったことがはっきりしても、それですぐに切腹の沙汰が止まるかどうか、正直、心許《こころもと》ねえんで。町方と武家の法度はまるで別物でやすからね。ただ、旦那はできる限りのことをしてくれるはずだ。ですから、お梅さんは少しでも刻を稼いでくだせえ。目付が動くとすれば刻が入り用になる」

「わかりました」

お梅は腰を上げ、十丸の引き綱を強く握った。

十丸、先生、力を貸してください。

——まあ、乗り掛かった舟じゃ。とことん付き合ってやるわい。その代わり、後でたっぷり飲ませてもらうぞ。むふふふふ。

先生はすぐに答えてくれたけれど、十丸は無言だった。

お梅はさらに強く、引き綱を握り締めた。

十一　冬の虫

駕籠《かご》は苦手だ。

滅多に乗ることもないが、乗るたびに気分が悪くなる。

揺れるからではなく、閉じ込められるからだ。

お梅は見えない分を香りや物音、気配を確かに捉《とら》えることで補ってきた。

今、すれちがった人は化粧が濃いとか、この人は昼間から酒を飲んでいるとか、息の音が乱れがちだから肺腑《はいふ》を病んでいるのかもしれないとか、どこかで菊の花が咲いているとか、日差しが昨日より強くなったとか、風が湿っているから雨が近いかもとか、全身で周りの様子を感じ取る。七割がたは当たる。三割は外れるけれど、晴眼《せいがん》であっても人は真実を捉えきれない。三割どころか、四割も五割も取りこぼす。

見えているけれど、感じていない。

見えていることに騙《だま》されて、感じることを疎《おろそ》かにする。表に現れたものだけを全てと思い込み、その奥に別の何かが潜《ひそ》んでいるなんて、考えもしない。

香りを嗅《か》ぎ、音に耳を凝《こ》らし、風や光に肌をさらすたびに、お梅は自分の世界の豊穣を思う。満たされないことも不便なこともあるにはあるけれど、たくさんあるけれど、それでも、

「わたしは豊かだ」と、胸を張れるのだ。

けれど、駕籠はいけない。

周りが全て囲われてしまうので、戸惑ってしまう。晴眼の者なら、簾《すだれ》の間から外を覗《のぞ》くこともできるだろうが、お梅はそうはいかない。じっと、座り、揺られ、運ばれていくしかないのだ。だから、嫌いだった。揉《も》み療治のあと、気を利《き》かして駕籠を呼んでくれる患者もいたけれど、たいてい、やんわりと断った。疲れていても、夜遅くとも、道を歩く方がずっとマシだ。

でも、今は、駕籠を断る余裕などなかった。

一刻も早く、久能《くのう》家に辿《たど》り着かねばならない。

えい、ほっ。えい、ほっ。えい、ほっ。

仙五朗《せんごろう》の手配してくれた駕籠かきたちは、ぴたりと息が合い、軽やかに町中を走り過ぎていく。その速さに合わせて、十丸《とおまる》が駕籠の横に付いて走る。僅《わず》かの遅れもない。

ありがたかった。お梅は引き綱を握《にぎ》り締めた。

急いで、急いで。

十丸の気配の伝わる綱を握り締めながら、お梅は心の内で呟《つぶや》き続けた。

急いで、急いで、もっと早く。急いで。

――お梅、焦《あせ》るな。

先生が膝の上に乗ってくる。鼠の声でチッチッと鳴いた。

――焦っても何もいいことは、ないからのう。それより、この先の段取りをしっかり組み立てるんじゃ。もっとも、おまえのことじゃから、もう、できあがってはおるのじゃろうが。

「はい。でも、上手《うま》くいくかどうか……」

頭で考えることと現《うつつ》との間には、広くて深い隔《へだ》たりがある。どんなに刻《とき》をかけ練り上げた目論見であっても、どれだけ懸命に努めても、現にあっけなく覆《くつがえ》されてしまう。

――弱気になるな。迷うなら、もっと前で迷うんじゃな。ここまできたら、迷うても、どうしようもない。弱気になったら迷う。迷ったら、足をすくわれる。用心、用心。

お梅は唇《くちびる》を噛み締めた。

そうだ、ここで尻込みしていてどうする。もう、後戻りはできないし、する気もないんだから。前に進むしかないんだから。

十丸のため息が聞こえた。

――爺さま。いいかげん、お梅を煽《あお》るのはやめろ。全く、他人事《ひとごと》にかかずらわって、苦労して、馬鹿馬鹿しいの一言に尽《つ》きるな。おまえの悪癖《あくへき》だ。うんざりする。

くくっと、先生が笑った。

――十丸のやつ、文句を並べおるのう。そのわりには律儀についてくるではないか。

「はい。先生にも十丸にも助けられてばかりです。二人がいなかったら、わたし……」

――さてさて、助けられておるのは、どちらかのう。

「え？」

――おっ、どうやら着いたようじゃぞ。

先生が、もう一度、鼠鳴きをした。

駕籠が止まる。簾がめくれる音がした。

「おじょうさん、着きやしたぜ。降りられやすか」

仙五朗から言い含められているのだろう、駕籠かきが丁寧《ていねい》に問うてくれる。

「大丈夫です。ありがとうございます。でも、ここは？」

「久能さまの屋敷の裏手になりやすが。親分さんからここに、おじょうさんを運ぶようにって言われてたんで。あ、代金の方も先にいただいてやすからね」

駕籠かきが言い終わらないうちに、お梅の耳は木戸《きど》の開く音と人の足音を拾っていた。

「お梅どの、こちらへ」

「そのお声は……稲村《いなむら》さま、ですね」

「いかにも、稲村千早《ちはや》でござる。ご案内いたす。肩がお入りようか」

「いえ、十丸がおりますから」

慣れない相手の肩に手を預けるより、十丸に導いてもらう方が何倍も楽で、安全だ。駕籠かきの息遣いに向けて頭を下げると、お梅は歩き出した。

「まるで、見えてるみてえだな」

「だなあ。でも、目は明《あ》いてねえぜ」

「そうだよな。まだ、若え娘《わけ》っ子なのに気の毒なこった」

駕籠かきたちの小声も耳はきちんと拾っていた。人は何かを欠《か》かした者を劣る者としてしまう。見えないから劣る。聞こえないから劣る。上手く歩けないから劣る。

違うのだ。人には欠けたものを補って余りある力が具《そな》わっている。誰にでも、だ。お梅のように、見えないけれど感じ取り、目の代わりにできる者もいる。歩けないけれど想いを好きに広げられる者もいる。聞こえないがゆえに静謐《せいひつ》の中で思慮《しりょ》を育《はぐく》める者もいる。

盲いてから、お梅は気がついた。

人とは、すごい生き物なのだと。

でも、大抵の人は知らないままだ。知らないまま憐《あわ》れんだり蔑《さげす》んだりする。

困ったものだ。

あ、でも、親分さんは……。

あの老獪《ろうかい》な岡っ引は初めて逢ったときから、お梅を憐れみも蔑みもしなかった。平静で鋭《するど》い視線を向けながら、お梅を測っていたように思う。情や風説に惑わされず、世間の当たり前を鵜呑《うの》みにせず、自分の眼と勘と思案する力を信じる。口で言うのは容易《たやす》いが、できる者は稀《まれ》だ。

「どうぞ、お上がりください」

母屋《おもや》の中に入ったらしい。お梅は履き物を脱ぐと、足裏を軽く拭《ふ》いた。その足裏に廊下の硬さと冷たさが伝わってくる。

これは、違うわ。

一瞬だが、お梅は足を止めた。

初めて、久能家を訪れたとき感じた冷えとは、僅かに違っている。あの、身体《からだ》の芯《しん》まで染み込んでくる険《けわ》しさがない。緩《ゆる》んでいる。この前が凍《い》てた氷の塊《かたまり》だったとすれば、今は、その塊が緩やかに溶けて流れ出している。そんな風だ。

微《かす》かに香が匂った。衣擦《きぬず》れの音がする。

「梅どの、待っておりましたよ」

「燈子《とうこ》さま。あの、お芳《よし》さんは？」

「おります。先刻、駆け込んでまいりました」

安堵《あんど》の息が吐《つ》けた。お昌《まさ》が代筆してくれた文《ふみ》を、燈子には届けてある。そこに、お芳を匿《かくま》ってくれるように記《しる》しておいた。燈子は、お梅の頼みを引き受けてくれたのだ。そして、お芳は無事に辿りつけた。むろん、お登美《とみ》が捕縛《ほばく》されたのだから追手《おって》がかかることはない。それでも、心配だったのだ。何が起こるかわからないのも現の恐ろしさではないか。

「お芳のことは、わたしも覚えておりました。あの小さかった女の子が遊女となり、和左之介《かずさのすけ》どのの相対死《あいたいじ》にの相手になっていたとは……信じられませぬ」

燈子が何か呟いたが、聞き取れない。お梅は、僅かに顔を上げた。

「梅どの。そなたの文に従い、お芳は匿いました。ただ、わたしにはわからぬことだらけです。詳しい経緯《いきさつ》を聞かせてもらえますね」

深く頷《うなず》く。燈子の吐息の音が耳朶《じだ》に触れた。

「もちろんです。お報せしなければならないことが、たくさんあります。しかし、あまり刻がございません。急がねばならないのです」

刻がございません。その意味を、燈子は誰よりわかっている。ほんの一瞬だろうが、苦しげに顔を歪《ゆが》めたに違いない。

「お二人は、どうしておられますか」

「奥の座敷におります。案内いたしましょう。こちらへ」

「あ、燈子さま。見張りのお武家さまは大丈夫でしょうか。咎《とが》められはしませんか」

お芳も自分も見咎められたくない。これから先、用心に用心を重ねて動かねばならないのだ。こそこそ動き回って、不審を抱かれては困る。

くすっ。燈子が小さな笑声を漏らした。

「あの者たちなら気にせずとも、よいでしょう。今日は宵《よい》の口から酒と肴《さかな》を運んでやりました。二人とも、とっくに酔い潰《つぶ》れて眠りこけていますよ」

「まあ、さすがに抜かりのないお手並みですね。安心いたしました」

「ふふ、ああいう体《てい》たらくでは、お役目など果たせますまい。情けないこと」

燈子が裾《すそ》を引いて歩き出す。お梅は気息を整え、その後に続いた。

しばらく行くと、強い酒の香りが鼻を突き、鼾《いびき》が響いてきた。燈子の言う通り、二人の武士は、すっかり酒に吞《の》まれてしまったようだ。

酒の匂いに、先生がぐびっと喉を鳴らした。

——お梅。この件が片付いたら、たっぷりと酒を馳走してくれるんじゃろな。

はいはい。一升徳利にたっぷりのお酒を用意しますからね。でも、今は静かにしていてくださいな。

胸元を押さえる。先生が「一升徳利か」と舌を鳴らした。


微かな光が揺らめく。

おそらく、行灯《あんどん》が点《とも》っているのだろう。それだけでなく、燭台《しょくだい》に蠟燭《ろうそく》が立てられている。

お梅にはほんの微かな揺らめきでしかないけれど、晴眼の人たちにとっては、闇を払うのには十分な明るさのはずだ。

「お梅さん」

「梅どの」

その光の中から、お芳と和左之介がお梅を呼んだ。

「はい」と返事をして、お梅はその場に膝をつく。

「お芳さん、久能さま、そして、燈子さま。あ、稲村さまも、お耳をお貸しください」

「え、それがしも？　家臣《かしん》の身でよろしいのですか」

廊下に控えていた稲村の声が、背後から聞こえる。戸惑っている調子に、なぜか苛立《いらだ》ちが募った。お梅は指を握り込んだ。

「主《あるじ》だ、家臣だと言うている場合ではありませぬ。早く、お入りください」

とっとと動いて。悠長《ゆうちょう》に迷ってる暇なんかないの。

ほんとうは、そう怒鳴《どな》りつけたかったけれど、さすがに憚《はばか》られた。

落ち着いて、落ち着くのよ、梅。稲村さまに当たり散らして、どうするの。

くすくすくす。先生が笑う。

――まったくな。お梅もあの女将《おかみ》を上回る剛《ごう》の者じゃからのう。しかし、焦るな。逸《はや》るな。さっきも言うたが、焦っても碌《ろく》なことにはならぬ。

はい。仰《おっしゃ》る通りです。心いたします、先生。

お梅は、稲村が座敷の隅に座る気配を捉えてから、息を吸い、ゆっくりと吐いた。

「これから、わたしのお話しすることは全て、真実《まこと》と思われます。信じられぬお気持ちになるでしょうし、驚かれもするでしょうが、ひとまず、最後までお聞きくださいませ」

頭を下げ、お梅は語り出した。

先刻、お登美と交わした台詞《せりふ》の数々、考え続けた真相、岡っ引仙五朗の言葉……。

誰も口を挟まなかった。息さえ潜めている。

リー、リー、リー。

虫の音《ね》が耳に届いてきた。うるさいほど響いていたころの勢いはない。幾種もの虫の声が重なり合い、こだまし、夜を圧していたのはついこの前なのに、既に、闇は滅びの気配を含んでいる。季節は確かに移ろっているのだ。

お梅が全てを語り終えたとき、座敷は静まり返り、死にかけた虫の声だけが辛うじて聞き取れた。その声と共に冬の冷えが入り込んでくる。

「女将さんが、そんなことを……信じられません」

お芳が呟いた。語尾が震えていたのは、寒さのせいではないだろう。

「本当のことです。お登美さん自身が認めましたから。全て、お登美さんの仕組んだことです。久能さまは罠《わな》に嵌《はま》ったのですよ。お芳さんとの仲を上手く使われたのです」

「姉上」

和左之介が燈子を呼ぶ。

「『かずら屋』の女将に金子《きんす》を渡したのですか」

ややあって、燈子は答えた。

「渡しました」

「いかほど」

「そこそこの額です。金子を支払えば、相対死にの一件はなかったことにすると言われて……それを信じてしまいました」

「お登美さんは燈子さまを騙《かた》ったわけではありません。いえ、騙りは騙りなのですが、もともと、金子目当ての企《たくら》みです。思い通りのお金が手に入ったなら、それ以上、関わる気はなかったでしょう。他の事件も全て、そうです。まとまった金子さえ手に入れば、それでいいのです。表沙汰にする気などさらさらなかった。表沙汰にしたって『かずら屋』には何の益もないはずですから」

「でも、和左之介どのは、ご切腹を言い渡されましたぞ」

燈子の口調が低く、掠《かす》れる。

「それは、お登美さんには関わりないこと。別の思惑が働いています」

「別の思惑……」

燈子が息を吐き出した。そして、妙に静かな口振りで告げた。

「見せしめですね」

「そうです、ご公儀《こうぎ》による見せしめです。若いお武家の方たちの乱れを戒《いまし》めるために、あえて、重い処罰を科したのです。見せしめという言葉が一番、しっくりくる気がします。ご無礼を承知で言わせていただきますが、久能さまは、ご公儀による見せしめのための贄《にえ》に選ばれたのではないでしょうか」

「でも、でも、どうして和左之介どのが……」

「久能さまとお芳さんの騒動があった日、たまたま、徒目付《かちめつけ》の役人が『かずら屋』にいたそうです。おそらく、そこから広がったのだろうと。これはお登美さんの言ったことですが本当だろうと、わたしは感じました」

「でも、それなら、それなら、間違っているではありませんか」

お芳が叫ぶ。悲鳴に近い昂《たかぶ》った声が虫の音を掻《か》き消してしまう。

「女将さん、捕まったのでしょう。捕まって、何もかもを白状するつもりなのでしょう」

「はい。お登美さんはそうするでしょう。久能さまにご切腹の沙汰《さた》が下ったことがずっとずっと気に掛かって、そのことばかりを考えるようになったと……とても苦しげに打ち明けました。おそらく、隠し立てする気力は残っていないと思いますよ」

不意に腕を摑《つか》まれた。

細い指が強く、握り締めてくる。

「お梅さん、そうしたら大丈夫ですよね。もう、大丈夫ですよね。和左之介さまは心中騒ぎなど起こしていないって、罠に嵌《は》められたんだって、はっきりしますよね」

「お芳さん……」

「そうしたら、ご切腹の沙汰は取り消されますよね。そうでないと、おかしいですよね」

お芳の指が食い込んでくる。

「お芳、やめろ」

和左之介の声と共に、指が離れた。

「……すみません。取り乱してしまって。でも、でも……和左之介さまに罪はないのです。罪のない処《ところ》に罰が生まれるはずがありません」

正論だ。お芳の訴えは道理にかなっている。

罪のない処に罰は生まれない。

「今ごろ、岡っ引の親分さんが草野《くさの》さまと仰るご同心に全てを明かしているはずです。その草野さまから、お目付に報《しら》せが行くと思います。そうしたら……」

そうしたら、何もかもが上手くいくだろうか。

町方と武家の法度《はっと》はまるで別物だと、仙五朗は言った。別物とはどういう意味になるのだろう。いや、法度云々《うんぬん》ではない。意味などどうでもいいのだ。町方であろうと武家であろうと、罪のない人間が裁《さば》かれるなどあってはならない。まして、命を差し出すなどと許されるはずがないのだ。

「沙汰は覆らぬでしょう」

燈子が言った。一瞬、全てが凍った。お梅は氷室に座っているような、凍てつきを覚えたのだ。指先まで凍えて、血が通わなくなったみたいだ。

「燈子さま、何と仰いました」

お芳が喘《あえ》ぐ。その息が熱を持って、凍てつきを溶かしてくれればとお梅は願った。それほど、寒かった。燈子が「覆らぬ」と繰り返した。

「そんな……そんな、馬鹿なことがありますか。真相がはっきりしたのに、和左之介さまは心中騒動など起こしていないとはっきりしたのに、沙汰が覆らないなんて……そんなこと、そんなことあり得ません」

「あり得るのです」

お芳の乱れを抑え込むかのように、燈子の口調はさらに冷えていく。

「そなたたち町方にはわからぬかもしれません。しかし、武家には武家の則《のり》があります。その一つが、ご公儀は何があっても正しい、とするもの」

「は……それは……、燈子さま、わたしにはわかりかねます」

お芳の戸惑いが伝わってくる。お梅にも解《げ》せなかった。だから、燈子の一言一言に耳をそばだてる。不穏な思いに鼓動《こどう》が速まり、息が苦しかった。

「ご公儀の正しさは揺らいではならぬのです。どんな場合であっても」

「ですから、ですから何なのです」

お芳の声音《こわね》がひきつる。

「切腹の沙汰を一度だしたからには、それを間違いとすることはない。そういう意味だ」

和左之介が言い切る。お芳は……お芳はどうしただろう。声も息遣いも捉えられない。張り詰めた気配だけを感じる。

「真実がどうであろうと、決められたことは変わらぬ。変えてしまっては面目が立たぬからな」

——そうそう、それに、おまえさんは、見せしめのための贄じゃからのう。真実がどうとか、正しさがどうとか、あまり関わりなかろう。要するに、公儀《おかみ》としては、武士の本分から外れて、世間を騒がすとこうなると、みなに知らしめねばならん。そのための道具じゃ。お登美が何を言おうと、仙五朗がじたばたしようと無駄ということかのう。やれやれ。

先生が肩を竦《すく》める。お梅と十丸の他には聞こえない言葉、見えない仕草だ。

「そんな、そんな……そんなの、あまりに理不尽です。ひど過ぎます」

お梅は手を伸ばし、お芳の背中をそっと撫《な》でた。

「お梅さん、そうでしょ。こんなことって、あんまりです」

お芳がお梅の膝の上に、わっと泣き伏した。身体が震えている。その震えを手のひらに感じながら、お梅は背中を撫で続けた。お登美の罪を告げたとき、お芳は一抹《いちまつ》の望みを抱いたのだ。

もしかしたら、和左之介さまは助かる。死なずにすむ。

そう、胸を高鳴らせたのだ。一度、抱いた望みを取り上げられる。それは、諦めて現を受け入れようとする痛みの何倍も痛い、苦しい。

背を撫でる手のひらで、お芳の痛みと苦しさに触れる。

お梅は奥歯を噛み締めた。

──ということで、ここまでは完全な負け戦じゃのう。

ええ、勝てる望みは万に一つもありません。

──せっかく、お登美を白状させたのに何にもならなんだというわけか。

そういうことになります。

──うーむ。それでは、些《いささ》かつまらぬのう。しかし、まあ、お梅よ。

はい。

──負け戦のまま、おめおめと引き下がるつもりはないのじゃろう。

はい。

──ふむふむふむ。そうじゃろうなあ。むふふふふ。なかなか、おもしろいことになりそうじゃ。のう十丸。下手な芝居などより、よっぽどおもしろいぞ。むふふふふ。

──知るか。おれは芝居もごちゃごちゃとややこしい話も嫌いだ。則だの面目だの馬鹿馬鹿し過ぎて、どうでもよくなる。早く帰って、一眠りしたいものだ。

十丸が横を向く。向きながら、お梅をちらりと見やる。

お梅はそっと息を整えた。

「久能さまの仰《おお》せの通りです。お武家である限り、その法度、則、本分からは逃れられません。

逃れられなければ、どれほど理が通らなくとも従うしかない。つまり、ご公儀が下した切腹の沙汰を受け入れるしかないのです」

「お梅さん！」

お芳が悲鳴を上げた。

「やめて、やめてください。そんな惨《むご》いことを言わないで」

「お芳、落ち着け。もういいのだ。覚悟はできている」

和左之介の声音は落ち着いていた。淡々と流れていく。

「うむ。沙汰が下ったときから覚悟はしていたのだ。ただ、心残りだった。梅どのには、生きたい、死にたくないという気持ちが身体を強張《こわば》らせ、凝り固めていると言われた。そうだ、わしには心残りがあった。それが、潔《いさぎよ》く死ぬことを妨げておったのだ。その心残りが、お芳、そなたなのだ」

「和左之介さま」

「腹を切る前に、もう一度だけ、そなたに逢いたかった。逢いたくてたまらなかった。叶《かな》うはずのない願いだと己を諭《さと》し、女々《めめ》しい、未練がましいと己を叱《しか》った。それでも、逢いたい想いは静まってくれなかったのだ。苦しかった。このまま未練を抱いて死ぬのかと思うと、苦しくてたまらなかった。その苦しみを梅どのが除いてくれたのだ」

和左之介の膝が畳を擦る音がする。お梅に近づいたのだ。

「梅どの、真《まこと》にかたじけない。どれほど、礼を言うても言い足りないほどだ」

「久能さま、それでは、今はお心は晴れやかなのですか」

「うむ。一点の曇りもない。死ぬ前に、お芳に逢えた。語らうことができた。胸の内に巣くっておった未練は霧散《むさん》した。明日は見事に割腹《かっぷく》してみせようぞ。久能の名を辱《はずかし》めぬためにもな」

「わたしもお供させてくださいませ。和左之介さま、どうか、ご一緒に連れて行ってくださいませ。何とぞ、ご一緒に」

「馬鹿を申すな。そなたには生きてもらわねばならぬ。どうか、生き抜いてくれ。そして、腹の子を無事に産んで、育ててくれ。頼むぞ」

「えっ」。お梅と燈子の声が重なった。

「和左之介どの。今、何と……。えっ、お芳は子を孕《はら》んでおるのですか」

「はい。お芳はわたしの子を産みます。姉上、わたし亡き後、どうか、お芳とその子を守ってやってくだされ。お願いいたします」

「まあ、子が……あなたの子が生まれるのですか……」

燈子が長い息を吐いた。お芳がすすり泣く。

「わたしは嫌です。和左之介さまのいない世で、生き永《なが》らえても仕方ありません。わたしは……もう、残されるのは嫌なのです。残されて一人、生きるよりは、共に死にたいのです」

「お芳、一人ではない。わしの子がおる。その子をそなたに託すのだ」

「和左之介さま、でも……それは、あまりに辛《つろ》うございます」

――やれやれ。芝居どころか、とんだ愁嘆場《しゅうたんば》だな。いいかげん飽き飽きする。お梅、もういい加減に幕切れにしろ。でないと、おれは本当に帰るぞ。

十丸が欠伸《あくび》をする。少し、わざとらしい。

「久能さま、今、仰ったことは真でしょうか。いえ、お子のことではなく、未練なくお腹を召されるお気持ちのことです。本当に、そんな心軽くおいでなのですか」

和左之介の返答が、やや遅れた。束の間の逡巡《しゅんじゅん》だ。

「そうだ。諦めようとして諦めきれなかった女子《おなご》に逢えた。存分に語り合えた。思い残すことはない。後は、武士らしい最期《さいご》を迎えるだけだ」

「久能さま、生きなくてよろしいのですか」

身を乗り出す。丹田《たんでん》に力を込め、続ける。

「お芳さんのお腹に赤子が宿っているのなら、生きて、その子を見たいと、抱きたいと思わぬのですか。お芳さんと二人で育てていきたいと思わぬのですか」

さらに、前のめりになる。和左之介が身を退《ひ》く気配がした。

「久能さま、本音をお聞かせくださいまし。久能さまの本当のお気持ちを知りたいのです」

ぐぐっ。和左之介の喉が鳴った。

「それを知ってどうする。わしが生きたい、お芳と生きていきたいと言うて、それで何が変わる？　何かが変わるのか？　何も変わりはせぬ。切腹の沙汰はそのままだ。明日には見届け役の使者が訪れ、わしは作法に則《のっと》り自裁する。それだけだ。何も変わらぬ」

「生きたいとお望みなのに、変わらぬと仰るのですか。それで、いいのですか」

「いいも悪いも、わしにはそれしかないのだ。他の道はない」

「では、お尋ねいたします。他の道とやらを思案なさいましたか。本気で、心底から、生き延びる道をお探しになりましたか」

答えは返ってこなかった。思案したことなどなかったのだ。運命《さだめ》を受け入れるしかないと思い込み、別の道など考えようともしなかった。

「……他の道……そんなものがあるわけがない」

「ございます」

お梅は言い切り、背筋を伸ばした。

「久能さま、あなたさまがお芳さんと生きる道は、ございます。少なくともわたしには、はっきりと見えておりますよ」

十二　道を行く

座敷内が静まり返った。

こくり。息を呑《の》み込む音がする。それが誰のものか、お梅《うめ》の耳でも判じられなかった。

「見えている」

そう呟《つぶや》いたのは燈子《とうこ》だ。香《こう》の香りが僅《わず》かに揺れた。

「梅どの、その道とはどのようなものなのです」

少し喉《のど》に絡《から》んだような掠《かす》れ声に、お梅は顔を向けた。

「燈子さま、それをわたしにお尋ねになりますか」

「え……」

「どうすれば、久能《くのう》さまをお救いできるか。燈子さまならわかっている、見えていると思っております。いかがでしょうか」

燈子は暫《しば》らく、黙り込んだ。ややあって口を開いたのは、お芳《よし》だった。

「燈子さま。真《まこと》でございますか。燈子さまは本当に、和左之介《かずさのすけ》さまが生き延びられる手立てをご存じなのですか。それなら、それなら、なぜ」

「静かになさい」

燈子の声がお芳を遮《さえぎ》る。笞《しもと》の唸《うな》りのような険《けわ》しい声だった。

「そなた、母になるのであろう。ならば、もそっと強く、逞《たくま》しくならねばなりませぬ。心のままに取り乱していかがする。どんなときでも己を保てなければ、己以外の者を守ることなど、できませぬぞ」

お芳の気配がさらに張り詰める。

「お芳」

「はい」

「そなた、誓《ちか》えますか。この先、どんな苦難が待ち受けていても、母になると。母になって、我が子を守り通すと誓えますか」

燈子の口調には、相手を問い詰める凄《すご》みがあった。

――むひょひょひょひょ。この女人も必死であるなあ。この家では誰も彼もが必死じゃ。これでは、長生きはできんのう。人というのは、どこかで緩《ゆる》まんと生きていけぬもんじゃ。張り詰めた糸は遠からず切れてしまうわい。むひょひょひょ。

先生、変な笑い方しないでください。人には必死にならねばならないときがあるんです。

――へいへい。まぁその通りかもしれぬが、おまえの仕事は逆よのう。つまり、凝り固まったり張り詰めたものを緩め、解《ほぐ》すことこそが、おまえのやることじゃろう。

あ……はい。それはそうですが……。

――人だけではなく、全てにおいてな。むふふ、お梅、この切羽《せっぱ》詰まった者どもをどう解していくんじゃ。むふふ、腕の見せどころではあるがな。

――爺さま、うるさい。余計な口を挟まず、静かにしておれ。

――わぉ。お梅、十丸《とおまる》の機嫌がそうとう悪いぞ。くわばら、くわばら。

先生は口をつぐみ、身を縮めた。ただ、目は楽しげに笑っている。

「わたしは、わたしは……和左之介さまと二人で我が子を守り、育てていきとうございます」

お芳が答える。語尾は震えていたが口調は、はっきりとしていた。

「そのような気弱なことでどうするのです」

「燈子さま、これが天に決められた運命なら、わたしも覚悟を決めます。この子を和左之介さまの忘れ形見《がたみ》として力の限り育てていきます。でも、でも、和左之介さまは天命ではなく人の勝手な……理不尽な企《たくら》みに巻き込まれたのではありませんか」

「お芳、もうよい。止《や》めろ」

和左之介がお芳を止める。静かな声だった。

「それ以上、何も言うな」

和左之介の視線を感じた。その視線を受け止めるように、お梅は顔を上げる。

「梅どの。さっき言われたな。他の道を思案したかと」

「申しました」

「そなたに言われるまで、ただの一度も考えなかった。考えられなかったのではなく、考えてはならぬと思うていたのだ。武士たる者、ご公儀の命に背《そむ》かず、潔《いさぎよ》く沙汰《さた》を受け入れる。それより他の道を探すなど言語道断だと……。それは、今でも同じ思いだ」

「久能さま」

「そなたには世話になった。どれほど礼を尽《つ》くしても尽くしきれぬほど、世話になった。まことに、かたじけない。が、しかし、ここまででよい。もう十分だ。わしは武士の本分を全うせねばならぬのだ。わしは、わしの役目を果たしたい」

「どれほど理不尽であっても、お腹を召されると仰《おつしや》るのですね」

ちりっ。胸の底で火が燃えた。

怒りの火だ。それは、公儀にではなく目の前にいるだろう若い武士に向けられている。

潔く沙汰を受け入れる？　武士の本分を全うする？

ふざけないでくださいな。そんなの、誤魔化しじゃないですか。世の中の仕組みからも、ご公儀のいい加減さからも目を逸《そ》らして、なにも考えぬまま死んでいく。それが武士の道とやらだと、本気で信じておられるのですか。

叫べるものなら叫びたい。しかし、お梅が幾ら叫んでも、喚《わめ》いても、何も変わらないだろう。

変えられるだけの力が、お梅にはない。

変えられるとしたら、ただ一人……。

お梅は閉じた瞼《まぶた》の裏で、眸《ひとみ》を動かした。

燈子さま。

「武士であるからには他に道はないし、他の道を選んではならぬはずだ」

「捨てればよろしい」

燈子の声が再び響いた。さっきより低いけれど、真っすぐに耳に届いてくる。

「はっ、姉上、何と仰せです？」

「武士であることを捨てなさい。さすれば、あなたは死ななくてすむでしょう」

「……姉上、何を馬鹿な……。どうなされたのです？　ご自分が何を言われたかわかっておられますか。姉上も些《いささ》か心を乱しておられるかと……」

「戯《たわ》けたことを申すでない」

燈子の物言いに、僅かに笑みが混ざったようだ。

「わたしは、お芳のように取り乱してはおりませぬ。いたって正気。正気で申し上げたのですよ。和左之介どの、今すぐ武士であることを捨て、この屋敷を出ていきなさい」

「は……そ、それは、逃げろと仰っているのですか」

「どのようにでも、あなたの好きなように考えればよろしいでしょう。今なら、屋敷から出ることも、江戸から出ることもできるはずです。そうですね、梅どの」

「はい」。お梅は軽く頭を下げた。

「わたしはあなたの話を聞いて、どうすべきかを悟りました。やっと、悟ったのです。でも、あなたにはずっと前からわかっていた。とすれば、そのための手立ても揃《そろ》えてくれていると、縋《すが》ってもかまわぬでしょうか」

人の目には見えぬ手が伸びてくる。燈子の両手だ。それは、お梅の腕を摑《つか》み、縋ってきた。

梅どの、お願い。どうか助けて。

人の耳には聞こえぬ悲痛な叫びが、伝わってくる。

「燈子さま、これを」

お梅は懐《ふところ》の奥から、布包みを取り出した。手触りは滑《なめ》らかだが、色や文様まではわからない。端切れをたくさん買い込んだとき、気のいい店主がおまけにくれた一枚だ。

「これは？」

「和左之介さまとお芳さんの関所手形《てがた》および入り用な書付一式、用意いたしました。むろん、本物ではありません。本所相生町《ほんじょあいおいちょう》一丁目、小料理屋『ゐろは屋』の主人和之助とその妻お芳、京見物のための手形となっております。お確かめください」

――むふふふふ、わしが作ってやったんじゃぞ。本物と寸分違《たが》わぬできじゃ。むふふふふ。

我ながら何でも器用に熟《こな》せるのう。自分で自分に感心するわ。

ええ、先生のおかげです。でも、お礼はもうちょっと後で。駄目ですって、顔を出さないでおとなしくしといてくださいな。

——とびっきりの酒じゃぞ。忘れるなよ、むふふふ。

燈子が小さく「梅どの」と呟いた。

「燈子さま、これだけあれば、後は旅支度《たびじたく》を急ぎ整えれば旅立てます」

「ええ、ほんとに。梅どの、お礼を申します。よくぞ、ここまで……」

燈子が声を詰まらせた。

「燈子さまの分は間に合いませんでした。でも、明日には用意できます」

「ま、待ってください。姉上、これはどういうことなのです」

「あなたは、これから久能和左之介ではなく、和之助として生きる。そう言うておるのです。武士を捨て、町人となるのですよ。そして、江戸でないどこかで、お芳と二人で、いえ、やや子も一緒ですね。親子三人で静かに、慎《つつ》ましく暮らしていくのです。稲村《いなむら》」

「ははっ」

「すぐに旅支度にかからねばなりません。武家でなく町人の物です」

「あっ稲村さま。紅葉屋《もみじや》のお筆《ふで》さんのところまで、急ぎ走っていただけますか。支度一式を頼んであります。きちんと揃えてくれているはずなので、受け取ってきていただきたいのです。お筆さん、深夜でも明け方でも構わないと言ってくれてますから」

「畏《かしこ》まりました。すぐに参ります」

稲村の足音が遠ざかる。

「お梅どの、本当に何から何までお世話になります。どう、礼を言えばいいか……」

「二十両ですから」

お梅は胸元を軽く叩《たた》いた。

「お忘れではございませんでしょう。揉《も》み代金として二十両もの大金をわたしはいただきました。いただいた金子《きんす》に見合うだけの働きはせねばなりません」

「でも、そなたは和左之介どのを揉んでくれたではありませんか。今は、ほとんど痛みもなく腕を動かせております。のう、和左之介どの」

「はい。みるみるよくなって、普段と変わらなく動きまする」

お梅は少し笑った。笑うときではないと、重々承知しているけれど、おかしい。

人というのは、本当に身体《からだ》と心でできているのだなと、改めて思う。

「それは、わたしではなくお芳さんの手柄です。久能さまはさっき、お芳さんに逢って憂《うれ》いがなくなったと仰いました。心が軽くなったことで、身体を縛《しば》っていた強張《こわば》りが解《と》けたのです。わたしの揉み療治より、お芳さんの笑みの方が効能が高かったというわけですね」

——むひょひょひょひょ。

先生がまた、奇妙な笑声をあげた。

――おぅおぅ、二人とも頬《ほお》を赤くして見つめ合っておるぞ。かわいいのう。むふふふふふ。若い恋はええのう。お梅、おまえも早く、こんな風に見つめ合える相手を、むぎゅっ。

お梅は胸の上を強く押さえ、先生を黙らせた。

「この度の支度などの費《つい》えは、全て、あの二十両で賄《まかな》わさせていただきました」

「梅どのは、それでよいのですか」

「もちろんです。でも、ゆっくりお話をしている暇《いとま》はありません。江戸を出て、どこに向かわれるか、よいお心当たりがございますか」

「ええ、大坂の商人に、わたしの乳母だった者の娘が嫁いでいます。訪ねていけば、必ず力になってくれるはず。これから文《ふみ》を認《したた》めましょう。それと、路銀《ろぎん》も揃えなければなりません」

「姉上、暫し、お待ちください」

和左之介が慌てた口調で姉を止めた。

「わたしは逃げる気など、ありませぬぞ。潔く切腹して果てます。武士としての最期《さいご》、みごとに遂《と》げてみせるつもりです」

「和左之介どの」

「父上がお亡くなりになってから、つまり幼いころより、久能家を背負って誰より武士らしくあれと姉上は言い続けておられたではありませぬか。わたしは気弱で、剣の腕もさほどでなく……よく、叱咤《しった》されました。でも、辛くはなかった。姉上の慈《いつく》しみも存分に感じていたからです。姉上が誰よりも、わたしを案じてくれているとわかっておりましたから」

「和左之介どの、それは……」

「姉上、わたしは武士として生まれ、武士として育てられました。それより他の生き方は知りませぬ。ならば、武士として死ぬしかないではありませぬか。わたしに残されたものは、もう、それだけなのです」

それは、違う。

お梅は身を乗り出しそうになった。

今は、これまでどんな生き方をしてきたかではなく、これからどう生きていくかを話しているのだ。どう死ぬかではなく、どう生きるかを……。

「違います」

若い張りのある声がぶつかってきた。お芳だ。

「和左之介さまは、思い違いをしておられます」

さっきまでの乱れ惑った物言いとは違う、確かな響きがあった。

「思い違い？　わしがか」

「そうです。芳には、思い違いもはなはだしいとしか感じられません。和左之介さま、武士として死ぬとは、どういうことなのですか。ただ、ご切腹という体裁だけ整えれば、それで事足りるのですか。そこに義や志《こころざし》がなくとも道理が通らなくてもよろしいのですか」

「お芳、おまえは何を言うておるのだ」

「無駄死だと、申しております」

お芳の言葉に、お梅は僅かに身を縮めた。

お梅も和左之介に伝えたかったのだ。

あなたさまが、よって立つ〝武士として死ぬ〟とは、他人の奸計《かんけい》や思惑に唯々諾々《いいだくだく》と従うだけのことなのですか。

と。しかし、さすがに〝無駄死〟の一言は口にできなかった。

「義のために散るのも志のために命を懸けるのも、よろしいでしょう。でも、この一件のどこに義や、志がございます。道理すらないではありませんか。女将《おかみ》さんはむろん、ご公儀も間違っております。みせしめのために命を差し出させるなどと、姑息《こそく》で卑小《ひしょう》で卑劣《ひれつ》です。和左之介さま、あなたさまのお命が、そんなもののために消えていいわけがありません」

――うほほほほ。言いおるのう。さすがに、苦労して生きてきただけのことはある。芯があるわい。お芳の真偽を見定める眼は確かなようじゃ。むふふふふ、おもしろいのう。はてさて、この先はどうなるか。むふふ、う、むぎゅっ。

先生をさらに押さえつけ、お梅は耳をそばだてた。

「久能家はどうなるのだ」

和左之介が叫ぶ。

「わしは久能家の当主ぞ。そういう者が公儀の命に逆らい遁走《とんそう》したとなれば、この家はどうなる」

和左之介の気色にお芳が怯《ひる》む。その気配が伝わってくる。

「どうなっても構いませぬ」

これは、燈子の声だった。穏やかではあるが、こちらを圧してくる力を感じる。

「姉上、今なんと仰せになりました」

「あなたが、久能家のことを心配せずともよいのです」

「な、何を言われるか。わたしは当主ですぞ。それを……」

「和左之介どの、この通りです。どうか、この姉を許してください」

燈子は弟に向かって低頭したらしい。和左之介の口調が慌て、揺れる。

「姉上、おやめください。姉上に詫《わ》びられる謂《いわ》れはございません。顔をお上げください」

「いいえ、詫びねばなりません。どれほど詫びても許されるものではないけれど、今のわたしには、こうやって頭を下げることしかできませぬ」

「ですから、何を詫びねばならぬのです」

燈子が深く息を吸い、吐き出した。

微《かす》かな息の揺れ。

お梅は、燈子の張り詰めた気を捉《とら》えた。

燈子さまは、何かを決意しておられる。

お梅も気持ちが引き締まってくる。喉が渇《かわ》いて、ひりつく。

「母上亡き後、あなたを育てたのはわたしです。一日も早く久能家の当主として認めてもらえるよう、一人前の武士となれるよう、あなたを……躾《しつ》けてきました。それが、わたしの役目だと信じて疑わなかったのです。でも……でも、それは間違っておりました。和左之介どの、お芳の言う通りです。武士の生き方とは、義も志も道理さえないことを受け入れ、腹を召すことではありませぬ。理不尽極まりないお沙汰に全霊で抗《あらが》うことです。あたら命を散らせてはなりませぬ」

「し、しかし、久能家は……」

「ここで絶えて構いませぬ」

一瞬、座敷内が静まる。声も音も気配さえも途絶えた。お梅の身体が震える。指先から血の気が引いていく。何も感じとれない。それは、お梅にとって漆黒《しっこく》の闇に囲い込まれたようなものだった。身動きさえ、ままならない。

——お梅。

十丸の声がした。

——みんな、息を詰めて、ぴくりともしない、石の地蔵のようだ。

闇の中に十丸が浮かんだ。白い小袖《こそで》と短袴《たんこ》、一つに束ねた銀鼠色《ぎんねずいろ》の髪が揺れる。

息が吐《つ》けた。同時に、燈子の声が耳朶《じだ》に触れ、人の気配や物音が戻ってきた。お梅を取り巻いていた闇が薄れていく。お梅はもう一度、密やかに安堵《あんど》の息を漏らした。

「絶えていいのです。和左之介どの、久能家をここで閉じましょう」

「絶えていい……」

和左之介が息を呑み込む音がした。

「あなたが腹を召されれば久能家の血筋は絶えます。後嗣《こうし》のいないお家が潰《つぶ》れる……いえ、潰されるのは目に見えておるではありませんか」

「しかし、わたしが見事に切腹して果てれば、久能家が残る見込みはございましょう。血筋が絶えると言われましたが、お芳の腹には子が宿っております。その子が男子なら立派な跡取りになりまする。それに、姉上もおられるではありませぬか」

「まあ、今さら、わたしに婿《むこ》を迎えて家を守れと？　それは無理というものです」

不意に燈子の口調が砕《くだ》けた。

「和左之介どの、些かお考えが甘過ぎますよ。よくよくお考えあそばせ。当主を切腹まで追い込もうとしているご公儀が久能家の存続を許すわけがないでしょう。まして、お芳の子を後嗣として認めるとは思えません。あなたが死のうと姿を晦《くら》まそうと、さほどの違いはありますまい。いずれにしても久能家は終わるのです。それはもう、わたしたちではどうにもできぬ決まり事になっているのです」

そうだろうか。

お梅は考える。

公儀にも弱みはある。何の罪もない若者を一人、死に追いやったのだ。そこへの後ろめたさが一分なりともあるのではないか。だとすれば、当主久能和左之介の死をもって、久能家を断絶させるところまで追い込むだろうか。追い込まないかもしれない。久能家が残る道筋を細いながらも残しておく手立てを講じるかもしれない。

甘い？　甘い思案に過ぎない？　政《まつりごと》とは、お梅には思い及ばぬほど酷薄《こくはく》なものだろうか。数多《あまた》いる家臣《かしん》の内の一人がどうなろうと知らぬこと。そう切り捨てられるほどの非情さを抱え持つものだろうか。

わからない。武家の則《のり》や理《ことわり》は、お梅にはあまりにも遠い。遠すぎて窺《うかが》い知れない。

ただ、燈子の心が、家の存亡より弟の助命に大きく傾いている。そこは、わかる。

「わたしは……梅どのやお芳の一言一言に笞《むち》打たれた気がします。いや、実際に打たれたのでしょう。わたしは大きな間違いを犯しておりましたから。ええ、武家であり続けねばならぬとその一念に凝り固まり、あなたの命を徒《あだ》や疎《おろそ》かに扱おうとしておりました。でも……目が覚めました。わたしにとって大切なのは、わたしが本当に守らねばならないのは家でも武家の在り方でもなかった。あなたの……あなたの命だけ……そのことに……」

燈子は居住まいを正し、弟を見詰めたのではないだろうか。お梅も背筋を伸ばす。

「そのことに、ようやっと気がつきました。あまりに遅かったけれど遅すぎたわけではない。まだ間に合う、ぎりぎり間に合う……そうですね、梅どの」

「はい。ただ、刻《とき》はそう多くは残されておりません」

「ええ、和左之介どの、姉の本音は告げました。嘘偽りのない想いを。あなたはどうなされます。あなたの命はあなたのもの。その命をあなたは、どう使うつもりでおられるのか」

「……姉上」

「心の内にあるものを聞かせてください」

また、周りが静まり返る。

しかし、今度ははっきりと息遣いや身動《みじろ》ぎする気配が伝わってきた。

和左之介が語り始める。やや躊躇《ためら》いがちではあるが、しっかりと届いてくる物言いだ。

「わたしは弱いのです。だから……武家が嫌いでした」

「幼いころから武家であり続けることが、苦痛でしかなかった。竹刀《しない》を握ることより、武士の心得を説かれるより、書を読み、空の下で寝転び、取り留めのない話をするときの方が、ずっと楽しかったのです。この広い屋敷の中でお芳と過ごした一時だけが、わたしにとって心休まるものでした」

「和左之介さま……」

「もし、叶うなら、全てを捨てて新たに生きてみたいとは望みます。武士の身分を捨て、どこかでひっそりと、姉上とお芳、生まれてくる子の四人で慎ましく穏やかに暮らしていけたら……と、情けなくはありますが、これがわたしの本音です、姉上」

「わかりました。よう話してくれましたね」

燈子の声音は穏やかなままだった。

「梅どの」

「はい。これで決まりました。決まったからには速やかに動きましょう、燈子さま」

「ええ。稲村が戻ってきたら、すぐにも支度にかかりましょう。わたしは路銀と弁当の用意をいたします。梅どの、この関所手形、使わせていただきます。本所相生町一丁目の小料理屋『ゐろは屋』の主人夫婦、ですね」

「はい。これを偽物と見破れる者は、まずおりません。本物と寸分違わぬものです」

――むふっ。当たり前じゃ。このわしが作ったんじゃからのう。いやぁ、自分で言うのもなんだが、今回は大活躍ではないか。我ながらほれぼれする働き振りで……むぎゅっ。お梅、やたら押さえつけるな。鼻が曲がってしまう。

「お芳」

「はい」。燈子に呼ばれ、お芳は小さくではあったがはっきりとした声で返事をした。

「あなたには身重の身体で大坂までの旅を耐えてもらわねばなりません。苦労をかけます」

「燈子さま、そんな……も、もったいないお言葉にございます」

お芳の涙声は語尾が乱れ、震えていた。

「追手が放たれることは万に一つもないでしょうが、用心に越したことはありません。品川を抜けるまでは、できる限り急ぎなさい」

「畏まりました」

「それと……和左之介どのを頼みます。そなたがいてくれるなら何の心配もいりますまい。二人で幸せにおなりなさい。あなたが無事に子を産み落とせるよう、祈っておりますよ」

「えっ、燈子さま、お待ちください。燈子さまはいかがなさるのですか」

「そうです。姉上は我らとどこで落ち合うおつもりか」

「それは、梅どの次第です。手形がなければ江戸を発《た》つことはできませんから」

「梅どの」

和左之介が近寄ってきた。

「此度《こたび》は世話になった。本当に世話になった。かたじけない」

「はい、なにしろ二十両、いただいてしまったので。申しあげたとおり、それに見合った働きはいたしますよ」

わざと軽い物言いをしたが、和左之介の気配は緩まなかった。

「それで、姉上の手形はいつ出来上がるのであろうか」

「急ぐことはありません」

お梅より先に、燈子が答えた。

「奉公人の行く末のこともあります。それなりの後始末もあるでしょう。それを全て済ませた後、わたしも大坂を目指します」

「そんな……そんな、いけません、燈子さま。どうかご一緒ください」

「姉上をおいて、我らだけが江戸を出るわけにはまいりません。それなら」

「お黙りなさい。そなたたちが、とやかく言うことではない」

燈子が一喝する。

「父上が亡くなられたとき、和左之介どのはまだ幼かった。だから、わたしは久能家の行く末を託されたのです。家を閉じるなら、後始末をするのはわたしの役目。それだけのことではありませんか」

「燈子さま、でも……」

「お芳、差し出がましい口を利《き》くでない。身の程を弁《わきま》えなさい」

「あ、は、はい。申し訳ありません」

お芳はその場に平伏したようだ。お梅には見えないけれど、燈子の相手を圧するような力は十分に感じられる。

「そなたが案じなければならぬのは、わたしではない。我が身と腹のお子です。その子を無事に産み、育て上げる。そなたの役目も難儀ではありましょう。でも楽しいですよ、きっと」

束の間、和《やわ》らいだ燈子の口調はすぐに引き締まった。

「お芳、和左之介どの。何があっても生きねばなりませぬぞ。そなたたちには、子と共に生きる責任があります。それを忘れてはなりません」

吐息が一つ、聞こえた。誰のものか、わからない。

お梅は僅かに前に出た。

「燈子さま、間もなく稲村さまも帰ってこられます。できれば夜の明けぬうちにご出立《しゅったつ》されるのがよろしいかと存じます」

「ええ、そうですね。急がねばなりません。けれど、その前にほんの一刻だけ時をくださいな。酒の用意をしてきますから」

――酒じゃと。むひょひょ、酒の用意じゃとよ。

先生が舌なめずりする。

「え、姉上、まさか別れの盃《さかずき》では……」

「馬鹿をお言いなさい。そなたたちの祝言のために決まっておるではありませぬか。わたしの目の前で盃をかわし、夫婦《めおと》になってほしいのです」

燈子は立ち上がり、部屋を出て行った。入れ違いのように、稲村が帰ってくる。駆け通してきたのか息を弾ませ、汗の匂いを漂わせていた。お梅は労《ねぎら》いの言葉をかけ、風呂敷包みを受け取る。仄《ほの》かに紅葉屋の餡《あん》の香りがした。

和左之介とお芳が、お筆が調《ととの》えてくれた町人の旅装束に着替えたころ、燈子は戻ってきた。

――うひょひょ。これは諸白《もろはく》の匂いじゃ。あぁたまらんのう。

先生が鼻先をさかんにひくつかせる。

先生、駄目ですよ。今は祝言の席なんですからね。もう、静かにして。

「梅どの」

「あ、はい、燈子さま」

「二人の祝言の儀、見届けの役をお願いいたします」

「え？　でも、あの、わたしは目が見えませんが」

「まあ、今さら何を言うのやら。そなたは誰よりも真実を見通せる目を持っているではありませんか。のう、和左之介どの。お芳」

「まことに」

「お梅さん、どうかお願いいたします」

お梅は、両手をついて一礼した。胸の奥がゆっくりと温まってくるようだ。

酒の香りが揺れる。

二人が盃の酒を飲み干している。その姿が見えるようで、お梅は泣きそうになった。

――うー、何ともよい香りだ。が、我慢できんぞい。

先生が胸元から飛び出す。止める間もなかった。

「まっ、ね、鼠？」

「あ、燈子さま、違うんです。いえ、鼠なんですが天竺鼠《てんじくねずみ》で、えっと、あの、わ、わたしが飼っている鼠なんです。これ、駄目よ、駄目。すみません、お酒が好きなもので」

「まあ、酒好きな天竺鼠ですか。まあまあ」

燈子が笑う。朗《ほが》らかで、屈託《くったく》のない笑声だった。

十丸が立ち上がり、先生の首根っこを押さえた。晴眼《せいがん》には、白い犬が天竺鼠をくわえて持ち上げたように見えているだろう。

――わわっ、十丸、離せ。酒が、酒が。

――まったく、この呑み助が。いいかげんにしろ。

「天竺鼠もそなたたちの門出《かどで》を祝ってくれておるのです。よい祝言じゃ。きっと幸せになれますよ。いつまでも息災で、仲良う生きていきなさい」

「姉上も一緒に生きていくのです。それをお約束くださいますな」

「むろんです。全てが片づいたら、なるべく早く江戸を発ちます。でも、三人で暮らせるほどの家はねえ……。そう、長屋に住みましょう。隣りあった部屋を借りるのです。そなたたち一足早く大坂に着くのですから、良いところを探しておいてくださいな。でも、和左之介どのに長屋暮らしなどできるのでしょうか。お芳、そのあたりは頼みますよ。ご亭主をしっかり躾けて、町人暮らしに慣れさせるのです」

「心得ました。お任せください」

燈子がまた笑った。その笑いを止め、若い二人を促す。

「さ、行きなさい。もう振り返ることは許しませんよ」

燈子の声が言葉が胸に染みてくる。お梅は奥歯を嚙《か》み締めた。けれど、涙をこらえることはできなかった。頰を熱いものが滑り、手の甲に滴《したた》る。

「お行きなさい」

燈子がもう一度、さっきより強い声で告げた。

十三　旅立ち

部屋を出て行く寸前、和左之介《かずさのすけ》が燈子《とうこ》を呼んだ。

「……姉上」

呼ばれて、燈子がどんな表情になったのか、どんな仕草をしたのか、お梅《うめ》には窺《うかが》えない。

燈子は何も答えなかった。

和左之介、お芳《よし》、そして見送りを任された稲村《いなむら》。三人の足音が遠ざかり、消えていく。

「梅どの」

夜の冷気と静寂《せいじゃく》の向こうから、燈子の声がして手を取られた。

「ほんとうに、ほんとうに、どれほど礼を言うても足りませぬ。そなたがいなければ、わたしは……あの子を生き延びさせられなかった。全て、そなたのおかげです。まことにありがたく存じますぞ」

「燈子さま、まだ、終わってはおりません」

むしろ、これから始まる。踏ん張りどころはここからだ。

「まずは燈子さまの手形《てがた》を急ぎ作ります。それができ次第、大坂にお発《た》ちくださ い」

――むふふ。またまた、わしの出番じゃの。ああ、わかっておる、わかっておる。任せてお けって。そのかわりに……。

先生がお梅の傍《かたわ》らを走り抜けた。

「あら、天竺鼠《てんじくねずみ》が銚子《ちょうし》に抱きついておりますよ」

「ええっ、そ、そんなはしたない真似《まね》を？　もう、先生、駄目よ。何してるの、駄目だって」

「先生？　まあ、この鼠はそんな立派な名前なの。ほほ、わかりました。おまえも祝い酒の味 見がしたいのね。盃《さかずき》に注《つ》いであげましょう。ほら、おあがり」

――ほうほう。この女子《おなご》、人にしては、なかなか気が利《き》いておるのう。むふふ。酒じゃ、酒 じゃ。極上の酒じゃぞ。おお、なんともたまらぬ匂いじゃ。

芳醇《ほうじゅん》な酒の香りが漂う。

先生は盃の酒を一気に飲み干した。十丸《とおまる》がため息を吐き出す。

「まあまあ、なんとも見事な呑《の》みっぷりだこと。こんな酒好きの鼠、初めて見ますよ。梅どの、 どうかしら？　もう一杯、やっても構いませぬか」

燈子の口調は軽やかで楽しげでさえあった。

ふっと違和を覚える。

和左之介たちは何とか逃したが、この先、やらねばならぬことは山積みだ。なにより燈子自身、江戸を出立《しゅったつ》しなければならない。江戸どころか、屋敷から気軽に出ることさえ禁じられていた武家の女が、遥《はる》か西の地に旅立つのだ。不安も怯《おび》えも迷いもあって当然だろう。しかし、燈子の声はどこまでも清々《せいせい》として、明るい。

「燈子さま、あの……」

「それとも、これ以上は控えた方がいいかしらね。酒も飲み過ぎると寿命を縮めますからね。あらまあ、銚子にしがみついてるわ。なんておもしろいのでしょう。それに、かわいい」

「燈子さまは、江戸をお発ちになる気がおありなのですか」

燈子の笑い声が止《や》む。

「出過ぎた物言いをして申し訳ございません。でも、燈子さまは江戸に残られる、そのお心積もりなのではと、そんな気がいたしましたので」

しばらくの間の後、燈子が答えた。

「そのつもりです。どこにも行く気はありません」

「和左之介さまたちの後を追う気はないと仰《おっしゃ》るのですか」

ほほと、燈子が笑った。

「これは、わたしの言い方が悪かったようです。お許しあれ。わたしは、当分は無理だと言うたつもりでしたが。後始末をしなければなりませんからね。それは、わたしの役目です」

「では、それが全て片付いたら……」

「この手で全てを片付ける。今は、そのことしか考えてはおらぬ」

お梅は息を呑み込んだ。瞬く間に鼓動《こどう》が速くなる。

「燈子さま、お教えください」

そう叫んだ声が、妙に甲高く引き攣《つ》れる。

「どのような始末のつけ方を考えておられるのです」

お梅には武家の言う〝始末〟の意味などわからない。町人であるならば、後始末のやり方など無数にある。平身低頭《へいしんていとう》して詫《わ》びること、金を差し出すこと、咎《とが》を受けること、誓うこと、始末書を差し出すこと……。武家には幾つあるのか。燈子はどういう手立てを講じようとしているのか。

「梅どのには、本当に世話になりました。十分過ぎる恩をいただきました。けれど、後は、わたしが為さねばならぬことばかり。それを、きちんと為し遂げようと思うておるのです」

「ですから、為さねばならぬこととは何なのです。お教えください」

「出過ぎた口を利くでない」

お梅は出しかけた手を思わず引いていた。腹の底にずんと響く一喝だ。

「……すまぬ。そなたには、十分過ぎる恩をいただいたと言うた、その舌の根も乾《かわ》かぬうちに声を荒らげるとは……申し訳ない」

「無理やり怒鳴《どな》ってまで、わたしを帰したいのですね」

今度は、まっすぐに手を差し出す。指先はどこにも届かず、空を摑《つか》んだ。

温かな手のひらが、その指をそっと包んだ。

「燈子さま、わたしを帰して、その後、何をなさるおつもりなのですか」

燈子の手を握り直し、お梅は力を込めた。

「何をなさるおつもりなのです。お答えくださいさい」

静かな吐息の音が耳朶《じだ》に触れた。

「久能《くのう》の家を閉じます。そのために為すべきことを為す。それだけですよ。さっきから、そう言うておるではありませぬか」

そこでもう一度、息を吐き、燈子は続けた。

「まずは奉公人《ほうこうにん》たちの身の振り方を決めねばなりません。みな、久能家のために尽《つ》くしてくれた者たちです。ここを出ても身の立つように考えねば。後は、親戚縁者の方々に挨拶《あいさつ》回りをしなければならないし、屋敷そのものは、ご公儀に押さえられるでしょうが細々した品は売るなり、移すなりせねばならないし……本当に、忙しくなります。大坂に旅立てる日など、いつになるか見当もつかぬ。下手をしたら一年近くかかるやもしれませぬな」

「……それは真《まこと》にございますか」

「真です」

燈子が手を引こうとする。お梅はさらに強く握り、それを許さなかった。

「わたしに嘘は通じませぬ。目が見えない分、人の心の内は晴眼《せいがん》の者より、よほどよくわかるのです。偽りの言葉を偽りと感じ取れるのです」

嘘だ。あるいは、はったりだ。

人の心の内などわかるわけがない。本人でさえも摑み切れない情の動き、本人が懸命《けんめい》に隠そうとする想いに触れられるわけがない。ただ、並よりも勘《かん》は鋭《するど》いはずだ。失われた光を補うためか、持って生まれた力なのか判じられないが、お梅は自分の勘の鋭さを信じていた。

その勘が告げるのだ。

「燈子さま、ご自害なさるおつもりですか」

カタッ。廊下で音がした。そこに、さっきから稲村が控えていることは気配でわかっている。

ただ、どうでもいい。目の前の女だけに向き合う。

「お答えください。久能さまの代わりに自ら命を絶《た》つと、そう決めておられるのですか」

「梅どの。手を離しや」

「嫌です。お答えくださるまで、離しません」

この手を摑まえていないと、燈子がどこかに行ってしまいそうな気がした。お梅には追いかけられないどこかに、だ。

燈子は黙っている。微《かす》かな息の音だけが響いていた。

銚子の倒れる音と先生の陽気な声が、その静寂を破った。

——むふふふ。いいではないか、いいではないか。どうでもいいではないか。いやぁ、こんな美味い酒がある世に、自分からおさらばしようなど正気の沙汰《さた》とは思えんがのう。

「あらあら、たいへん。先生が銚子の酒を飲み干してしまいましたぞ」

「まぁ、先生、何てことを。あっ」

お梅の気持ちが緩《ゆる》んだ刹那《せつな》、燈子の手がするりと抜けた。

「燈子さま！」

「梅どの、これしかないのです。ご公儀から下された切腹の沙汰を蔑《ないがし》ろにすれば、我が家だけの取り潰《つぶ》しではおさまらぬかもしれぬ。和左之介どのとお芳に追手がむけられることも、考えられるのです」

「そんな、その沙汰が誤りだったと、ご公儀もわかっております。沙汰そのものを取り消しはできなくとも、出奔《しゅっぽん》された久能さまを追うまでは、いたさぬはず。燈子さまもそう仰ったではありませぬか」

追手が放たれることは万に一つもない。

燈子は、お芳にそう告げたではないか。

「わたしが死ねば、それで事は収まります。もっと言えば、ここまでくれば命を差し出さねば収まらない。それが現《うつつ》なのです。誰かが責任をとって自害し、久能家を取り潰せば、ご公儀の面子《メンツ》は保たれます。さすれば、和左之介どのたちに累《るい》が及ぶことはありますまい」

「お考え直しください。たかだか公儀の面子のために死ぬおつもりですか」

「まっ、ご公儀をたかだかと言い切るのですか」

燈子が笑う。抑えた低い笑声だが朗《ほが》らかにさえ感じられた。

「そんなこと、そなたしか口にせぬのう。ほほ、ほんとうに、そなたといるとこの身に纏《まと》いついたしがらみが解けていくようですよ。でもね、梅どの、わたしまで姿を消せば、今度は、あの者たちが腹を切らねばならなくなります」

「あの者たち？」

「見張り役の二人ですよ。今は、酔うて気持ちよく寝入っておりますが。その隙に久能家の者が全て逐電《ちくでん》したとなると、それこそ責任を問われましょう。さすれば、どうなるか」

「あ……」

そこまで頭が回らなかった。確かに、お役目怠慢《たいまん》の誹《そし》りは免《まぬが》れないだろう。

さすれば、どうなるか。

燈子の言葉を胸の内で繰り返す。

「聞けば、あの二人、共に妻も子もおるようです。腹を切らせるわけにもいかぬでしょう」

お梅は指を握り込んだ。こぶしが震える。

「でも、だからといって、燈子さまがご自害なさるのは筋が違います。燈子さまには、いえ、他の誰にも罪などないのに……」

「罪はあります」

顔を上げる。上げて何が見えるわけでもなかったが、燈子の気配が濃くなった気はする。

「わたしは大きな罪を背負うているのですよ。償《つぐな》いきれない罪を……。もし、あのまま、あの子を死なせていたら、切腹を受け入れていたら……さらに罪を重ねることになったでしょう。そのことに、愚《おろ》かなわたしはやっと気がつきました。だから、梅どのが救ってくれたのは、あの子だけではなく、わたし自身もなのです」

あの子。燈子の口調は囁《ささや》きに近く、微かに湿っていた。

ずくり。お梅の心の臓が大きく脈打つ。

まさか。まさか……いえ、でも……。

「燈子さま、あの、よもや……」

言葉が続かない。口の中が急に乾いて、ひりつく。

「ええ、あの子は、和左之介は、わたしの子です。弟ではなく息子なのです」

束の間の沈黙の後、燈子は言った。

「わたしが産みました」

先生が銚子を手に振り向く。

——むひょ。これはまた、おもしろい……いやいや、ややこしいことになりそうじゃの。さてさて、どういう顚末《てんまつ》になるんじゃ。

「梅どの、わたしの話を聞いてくれますか」

お梅は居住まいを正す。燈子の末無い想いに初めて触れたとき、ふと違和を感じた。その理由がやっとわかった。

「はい。わたしでよければお聞かせください」

――わしも聞くぞ。むふふふふ。酒の肴《さかな》になりそうな話じゃからのう。

――爺さま。いいかげんにしろ。おとなしく隅に引っ込んでおれ。

十丸が先生を引きずっていく。先生はそれでも、銚子を抱えたまま離さなかった。

「昔のことです。わたしは久能家の一人娘として育ち、いずれ婿を迎える。その運命を疑いも、ましてや、逆らおうとも思うておりませんでした。年の頃がくれば、親の決めた相手と夫婦になる。それが当たり前だと信じておったのです。でも……十六の年、わたしは一人の男と出逢《でお》うてしまいました。一季の出替わり奉公人として久能家に来た者です。士分ですらありませんでした。本来なら面と向かい合うことなどなかったでしょうが、その男は鼓《つづみ》が巧《たく》みで、母の気に入るところとなったのです。そうなれば顔を合わすこともあり……いえ、余計な見栄は捨てましょう。わたしは一目でその男に心を奪われました。その男と男の奏でる鼓の音に……」

目を伏せたのだろうか。燈子の気配が僅《わず》かに翳《かげ》った。

「わたしたちは人目を忍んで逢引《あいびき》を重ねました。でも、三月《みつき》もしないうちに父や母の知るところとなったのです。わたしは覚悟しておりました。そのころには、もうこの男なしでは生きていけないとまで思い詰めて……。だから、男と共に久能の家を出るつもりでした。男とも幾度か、そんな話をしておりました。父母に咎められたら、男との縁を切るように責められたら、そのときは屋敷を飛び出す。先刻の和左之介たちではありませぬが、路銀《ろぎん》も含め旅支度《たびじたく》は整えておりました。男も支度を済ませ、奉公人部屋で待っているはずでした。でも……斬り捨てられるのも覚悟の上で父の前に座ったとき、伝えられたのは……」

燈子の物言いは淡々としていた。しかし、お梅の耳はその語尾の掠《かす》れを聞き逃さなかった。

「男は既に屋敷を去ったということでした」

——うーん、絵に描いたような色恋沙汰じゃのう。つまり、世間知らずの娘がちょいと見場がよく鼓の上手い男に熱を上げたと、そういう……。

——爺さま、口を挟むな。黙っておれ。

そうです。先生、うるさいですよ。

——うひょっ。何じゃおまえら、こういうときだけは、ぴたりと息が合うのじゃな。まったく、やっとられんわい。

「鼠の先生、さっきから妙に騒がしく鳴いておりますね。何か、おるのでしょうか」

「いえ、お気になさらずに。ただ騒がしい性質《たち》なだけです。あの、それで……、その方は燈子さまには何も告げず、屋敷を出て行ったということですか」

やんわりと先を促す。

「ええ、それが約束だったのです」

「約束？　どなたとの約束ですか」

「父です。男は父から纏《まと》まった金子《きんす》を受け取る代わりに、何も告げず何も残さず屋敷から去ることを約束したのです。そして、その約束を果たしました」

それは、金に目が眩《くら》んで燈子を捨てたということなのか。いや、乗り越えるには身分の差の壁はあまりに高く、諦めざるを得なかったのかもしれない。

「わたしは狼狽《うろた》え、先刻、出て行ったという男を追いかけようとしました。そのわたしに、父は真実を教えようと言いました。父によると……男自らが父と母に、わたしとのことを告げたと言うのです。これ以上、主《あるじ》を欺《あざむ》くわけにはいかない、と」

「まあ」

「『斬り捨てられても仕方なしとの所存ではあるが、このことが外に漏れれば、燈子さまの、延《ひ》いては久能家の御名に傷が付くやもしれませぬ。それこそが、わたくしの最も恐れるところ。これを防ぐためには、わたくしが姿を消すのが最良の手立てと思われます。路銀の用意さえしてくだされば、今すぐにでも江戸を出て、二度と帰ってこないとお誓いいたします』とそのようなことを申したらしい」

「なんと、自分勝手な言い分でしょうか」

「ええ、父も憤りはしたものの表沙汰になることを恐れ、男に金子を渡し、二度と目の前に現れぬとの約束を取り付ける、との道を選んだのです」

お梅は唇《くちびる》を嚙《か》んだ。

若く、恋を知り初《そ》めたばかりの娘が、男の裏切りにどれほど傷付いたか。思いを馳《は》せれば、胸の底が疼《うず》くようだ。

「父は、わたしに男のことは全て忘れろと命じました。わたしは、忘れると答えました。ただ、忘れる代わりに望みを一つ叶えて欲しいと、縋《すが》りもしたのです。梅どの、わたしが何を望んだか、おわかりか?」

燈子は薄く笑った……のではないだろうか。冷え冷えとした気配が伝わってくる。

「いいえ、皆目、見当がつきません」

愛しい相手に背かれたとき、人は何を望むのか。

「男に刺客《しかく》を差し向けてほしい」

「え……」

「父にそう縋ったのです。生きて江戸から出さないでほしいと。それを叶えてくれるなら、男のことは忘れ、今後一切、口には出さないと……」

「そ、それで、父上さまは刺客を放たれたのですか」

「そう思います。望みが受け入れられないのなら、この場で自害するとわたしは申しました。本気でした。男に捨てられた身で生き延びたくはないと、本気で思いました。あの男が死なないのなら、わたしが死ぬしかないと。わたしの必死の懇願《こんがん》に父は頷《うなず》きました」

ふーっと、長い吐息《といき》の音がした。

「そして翌日、父はわたしを居室に呼び、一本の指を見せました。明らかに切り落とされた指です。あの男の物だとすぐにわかりました。指先に見慣れた小さな痣《あざ》がありましたから。父はわたしの望みを叶えてくれたのです。『戦国の世であれば首実検をさせてやるが、今は太平の世であり、そちは女子じゃ。これで得心せずばなるまい』。あのときの、父の一言、今でも、はっきりと思い出せます。わたしは低頭し、父に礼を述べました」

白布にでも包まれていたのだろうか。血に汚れた男の指。それを見詰める若い日の燈子。娘の望み通り、刺客を放った父親。

背中がうそ寒くなる。

でも、本当はどうなのだろう。

お梅は思案を巡らせる。

切り落とされた指が男の物であるのは間違いないだろう。偽物で、燈子が誤魔化されるはずがない。指は本物だ。けれど、いつ、切り落とされたものかは、わからない。

もしかしたら、男は既に殺されていたのではないか。久能家の先代当主、燈子の父親に全てを明かしたとき、あるいは、その前に娘との密通を感付かれていたとしたら、そのときその場で殺害された。そうも考えられる。

「真実はどうだったのであろうか」

燈子が呟《つぶや》いた。

「あのときは、男への未練と憎《にく》しみと驚きと悲しみと……言い表せぬ情に突き動かされ、裏切られた、捨てられたと悶《もだ》えることしかできなんだが……今、この歳になって思い返せば、真実は何一つ明らかでないとも思える。父の語ったことが真実なのかどうか、また別の真実があったのか……。思うても詮無《せんな》いとわかってはおるが、思わずにはいられませぬ」

「燈子さま」

「梅どの、もう少し話の続きがあります。ええ、わたしは子を孕《はら》んでおりました。月のものがなくなり、悪阻《つわり》が始まり、それでやっと気がついたのです。どうしていいかわからず、狼狽えるだけの日々の中で、母から腹の子を産むように告げられました。子を堕《お》ろすのは命懸けのことになります。わたしは、久能家の一人娘であり、わたしに万一のことがあれば久能家の血筋は絶える。母はそのことを案じたのでしょう。いえ、もちろん、わたしの身を心配してもくれたのでしょうが。お産も命懸けながら、女が子を産むのは自然の理に適《かな》い、生き残る見込みも高い。赤ん坊が男の子であれば、久能家の後嗣《こうし》としても育てられる。それが父と母の思惑であり、わたしは、その思惑通りに男の子を産み落としました。父母は、その子を孫ではなく我が子として育てる。つまり、わたしに母ではなく姉であれと言い渡しました。わたしの身体《からだ》が回復すれば、家格の合うどこぞの家に嫁がせるつもりだったのでしょう。父も母も、それがわたしにとって最良の道と信じて、一分も疑《うたご》うてはおりませんでした」

「その赤子が和左之介さまだったのですね」

「そうです。わたしの子です。わたしは姉ではなく、母であったのです。でも……それを名乗ることは許されませんでした。それでも、あの子の傍にいて、日々育っていく姿を見守ることができるのは、この上ない幸せでした。あの男が、わたしに赤子を授けてくれた。そう考えるにつけ、いたたまれない気持ちに苛《さいな》まれるようでした。恋しいとか慕《した》わしいとかではなく、罪を背負うたと感じたのです。この赤子の父を葬《ほうむ》り去ったのは、このわたしなのだと」

「燈子さま、でもそれは……」

「罪です。男がいつ、誰に殺されたのか、わたしにはわかりませぬ。でも、わたしが男を殺してくれと望んだのは事実。その罪が失《う》せることはありません。赤子が一人前に育ったあかつきには髪を下ろそうとまで考えるようになって……それを察したのか、母はわたしから赤子を遠ざけ、嫁ぎ先を探し始めました。でも皮肉なことに、父も母も、ほどなく病を得て亡くなりました。わたしと赤子、和左之介だけが残された。その後は……わたしは、どこにも嫁がず幼い弟と家を守る気丈な姉、そういう役目を引き受けて生きてきました。でも、でも、本当は名乗りたかった。あなたの母はわたしですと告げたかった……」

燈子の声が震え、気配が揺れる。

「梅どの、本当のことを申します。あの子に切腹の沙汰が下りたとき、わたしは心の隅でわずかに安堵《あんど》いたしました。あの子が切腹するのなら、わたしも後を追う。今生《こんじょう》では叶わなかった親子の名乗りを、あの世でなら果たせる。そんな気がして……けれど、あの子は生きたかった。お芳と二人で、この世で生きていたかった……。お芳といるときの、あの子の笑顔は生きたいという思いに満ちておりました。わたしは、ずっとあの子を縛ってきましたが、お芳は戒《いまし》めを解《と》きほどいたのです。あの笑顔を見て、やっとわかりました。お芳がいれば、あの子は幸せなのだと。わたしは、わたしは……あの子に幸せになってもらいたい。それより他に望むことはありません……」

「燈子さま」

お梅は膝を進め、手を差し出した。燈子の肩に触れる。腰を上げ、燈子を抱きしめる。

「よう、がんばられました。よう、耐えられました。燈子さまはご立派です」

母と名乗れぬまま、育て上げた子が旅立った。二度と見《まみ》えることはない。和左之介が最後に「姉上」と呼んだときも、足音が遠ざかっていくときも、燈子は己を保ち続けた。わたしはあなたの母だと告げる叫びは、おそらく喉元までせり上がっていただろう。それを抑えきった。

「梅どの」

燈子の身体が震えた。嗚咽《おえつ》が漏れる。

お梅の胸に顔を埋《うず》め、燈子は泣き続けた。

——馬鹿馬鹿しい。

十丸が鼻を鳴らす。

——姉だろうが母だろうが、呼び方が変わっただけではないか。他は何も変わらん。和左之介たちが出奔するのも、久能家が潰れるのも、誰かが死なねば事が収まらないのも、何一つ、変わりはすまいに。何を大仰に泣かねばならんのだ。

——そりゃあまあ、そうじゃのう。むしろ、今生の別れとなるなら、ほんとのことを教えといてやったほうが、よかったんじゃないのか。まっ、わしには関わりないがのう。人という生き物は何でもかんでも事をややこしくする嫌いがあって、困ったもんじゃ。あぁ、もう酒がない。銚子が空っぽになってしもうた。とほほ。

そうだろう。真実がどうであろうと、現は変わらない。けれど、人は変わる。真実を突きつけられれば、心を乱される。

ここまで隠し通した秘め事を別れの間際に告げれば、旅立つ二人の邪魔にしかならない。驚かせ、戸惑わせ、出立までの限られた刻《とき》をさらに削ってしまう。燈子はそう考えたのだ。

和左之介が切腹の沙汰に従うなら、全てを告げたかもしれない。けれど、生きていくのなら、まして新しい日々を生き始めるのなら、過去は無用。重石《おもし》にこそなれ支えにはならない。そうも考えたのだ。

だから全てを呑み込んで、見送った。

立派だと思う。強いと思う。

二人とも、うるさい。横合いからぐちゃぐちゃ言わない。黙っていて。

お梅に怒鳴られ、先生は首を竦《すく》め、十丸は口を一文字に結んだ。

良い悪いじゃない。正しい、間違っているでもない。

「燈子さまはご自分の信じた道を貫《つらぬ》かれました。誰にでもできることではありません」

「梅どの……かたじけのうございます」

燈子が身を起こす。もう泣いていないのだろう、声音《こわね》は乾いていた。

「ずっと、この胸の奥にあって重くてどうしようもなかった想いなのです。梅どのに揉《も》んでもらったあのときから、こころが緩み、抑えきれない気がしておったのですよ」

「少しは軽くなられましたか」

「ええ、初めて他人に余すところなく聞いてもらえ、胸の内が軽うなりました」

「それは、よかったです。では、燈子さま」

軽くなった頭と心で、改めて未来《さき》を考えませんか。もう一度、考え直してみませんか。

お梅が言い終わらないうちに、足音が響いた。慌ただしい、不穏な音だ。

「燈子さま、よろしゅうございますか」

息を弾ませた声には聞き覚えがあった。濁《にご》って、低い。稲村と一緒にお梅の家を訪れた武士だ。確か、青地《あおち》と呼ばれていた。

「よい。何事じゃ」

障子戸《しょうじど》が開けられる。その乱暴な音からも青地の息の乱れからも、変事が起こったと察せられた。今、このころあいで、何が起こった？

「いかがした、青地」

「はっ。と、燈子さま、稲村どのが……座敷で腹を……」

「なっ」

一瞬の絶句の後、燈子は立ち上がり、座敷を出て行った。

「十丸」

引き綱を掴む。

「連れて行って、お願い」

十丸は頷き、腰を上げた。

十丸に導かれて廊下を進む。その先にあったのは、あの座敷、和左之介の切腹の場として、お梅が通された座敷だ。……「あの座敷だ」と十丸が伝えてくれる。

あのときは、藺草《いぐさ》の青い匂いが漂っていた。今は……。

お梅は座敷の前で棒立ちになる。それ以上一歩も進めなかった。

血の臭いが襲《おそ》い掛かってくる。鼻の奥まで流れ込み、お梅を動けなくする。

「稲村、稲村、なぜ、こんな真似を。稲村」

燈子の悲痛な叫びが、お梅の身体をさらに縛り付ける。

何なの、どうして稲村さまが……これは、何なの。

どこか遠くで、風が鳴っている。

夜は間もなく明ける。けれど、朝が来るとは信じられない。

血の臭いに塗《まみ》れて、お梅は立ち尽くしていた。


稲村は死装束《しにしょうぞく》の拵《こしら》えをしていたと、十丸から聞いたのは、その日の下午《かご》になってからだ。二日後にはお筆《ふで》が、久能家当主自害の巷説《こうせつ》を報《しら》せに来てくれた。

「ご当主は濡《ぬ》れ衣《ぎぬ》を着せられて、何の落ち度もないのに切腹を命じられたんじゃないかって、みんな噂していたるよ。本当なら酷《ひど》すぎると怒っている人もかなりいたね」

お筆の話に耳を傾《かたむ》けながら、お梅は何度も血の臭いを嗅《か》いだ気がした。

稲村は燈子宛に遺書を遺《のこ》していた。それに何が書かれてあったのか、知らない。燈子は何も告げようとはしなかった。

稲村さまは、自ら久能さまの身代わりになったのね。

——ああ、久能和左之介は公儀からの使者を待たず、一人果てた。そういう筋書きだろうよ。しかし、稲村と和左之介では親子ほども歳が離れておるのだ。見張りの者だとて別人だとわかろうものを。よくも、上手く丸め込めたものだ。あの、燈子という女、どうしてどうして、なかなかの策士《さくし》ではないか。

酔い潰れ寝入った間に和左之介が消えたとあっては、見張り役まで腹を詰めねばならなくなる。燈子はそう言った。事実だ。公儀から使わされながら、役目を果たせなかった咎は重い。しかし、座敷で自ら果てたのが久能和左之介であれば、強く咎められることはない。

「命を惜《お》しむのなら、あのご遺体が和左之介どのであると認めるがよろしかろう」

酔いが醒《さ》めた見張り役たちを説得していた燈子の口調は淡々としていて、全ての情が抜け落ちたようだった。

その後の記憶は朧《おぼろ》だ。

お梅に出来ることは、何一つなかった。ふと気づけば家の軒先《のきさき》で駕籠《かご》から降りていた。ひどく喉が渇いて、柄杓《ひしゃく》から直《じか》に水を飲んだ。帯を解くのももどかしく、夜具《やぐ》に倒れ込んだ。手足を動かすのも億劫《おっくう》なほど疲れ切っているのに、眠れず、白んでくる朝の気配に身を浸していた。

と、途切れ途切れにしか思い出せない。

しかし、お梅にはお梅の暮らしがある。生きていくために働かねばならない。お梅を待っていてくれる人々もたくさんいる。それに、いつまでも物思いに囚《とら》われて、ぼんやりと暮らせるほど恵まれてはいないのだ。

「お梅先生。お仕事の段取りです。読んでいいですか」

お昌《まさ》が可愛らしい声で読み上げてくれる仕事の日取りは、かなり忙しく、朝から晩まで埋まっていた。その忙しさがありがたい。

稲村の死について、あれこれ考えないで済む。それでも、時折、年のわりに若々しく張りのあった声を思い出す。そのたびに、ふっとため息を吐《つ》く。

「いいかげんにしろ。おまえは何さまのつもりだ。誰でも救える弥勒菩薩《みろくぼさつ》にでもなったつもりか。稲村は自分で決めて身代わりになったのだ。それを止められなかったからといって、ぐじぐじ悩むなど、思い上がりもはなはだしい」

十丸の手厳しい一喝《いっかつ》の裏には、優しい労《いたわ》りが張り付いている。そうわかっているから、お梅は「うん」と素直に頷いた。

「さっ、行くぞ。今日は日本橋北《にほんばしきた》まで足を延ばさなきゃならぬのだ。さっさと動け」

「はいはい。わかりました。あ、待ってよ、十丸。綱を付けてちょうだい」

患者と向き合い、身体を揉む。凝りを解《ほぐ》し、強張《こわば》りを解いていく。

お梅の日々が流れていった。

その日、江戸に雪花《せっか》が散った。

見えなくても、頬《ほお》に、手のひらに雪片《せっぺん》を感じることはできる。空から舞い落ちる雪を素直に喜べるほど、幼くはない。しんしんと深まる冷えに、お梅は火鉢に炭を足した。

部屋の隅に寝転んでいた十丸が、起き上がる。

「人が来る」

「え？　こんな日に誰が？　お筆さん」

「違う。これは……」

「ごめんくださいませ」

腰高障子の戸が開き、凍《い》てた風が入ってきた。

あ、この声は。

「燈子さま」

「まあ、梅どの、ようわかりましたな」

「わかります。燈子さまのお声を忘れるわけがありません。どうぞ、どうぞお上がりくださ
い」

「いいえ、上がるまでもないのです。梅どの、今日はお別れに参りました」

「お別れ……では、大坂に向かわれるのですか」

燈子は後始末を全て終えたのだ。そして、和左之介とお芳が待つ大坂へと旅立つ決意をした。

そういうことだろうか。

「いいえ、わたしは髪を下ろし、仏門に入るつもりです」

「え……」

「その前にどうしても、そなたに逢いたくて話したくてやってまいりました。手間は取らせません、ほんの一時、話を聞いていただければ……」

燈子の声音は少し老けて、少し細くなっていた。

お梅は姿勢を正し、座り直した。膝に手を置く。

「梅どの、まことにありがたく存じます。先日、大坂から文が届きました。二人とも無事にかの地に着き、住《す》み処《か》を決めたとのこと。これから苦労もあるでしょうが、お芳がついていれば何とか乗り越えられるはず。ああ、でも、今日まいったのは、もう一つの文のことを伝えたかったからです」

「もう一つの？」

「稲村の遺書であります。そこには遠い昔、和左之介の父親となる男を討ったのは自分だと綴られておりました。父から命じられ、この手で斬り捨てたと。男は逃げたわけではなく、まして、金子をねだったわけでもなかった。わたしの行く末に邪魔だと考えた父が暗殺を命じたのだと」

何も言えなかった。ただ、血の臭いが、くっきりとよみがえってくる。

「稲村はずっと苦しかった。和左之介が育っていくのを見ながら、自分が仕える主の父の仇《かたき》である我が身が辛くてたまらなかった。できれば、わたしか和左之介に成敗してもらいたかった……そう、認《したた》めておりましたよ。そして、そなたへの礼も」

「え、わたしに？　わたしは稲村さまに何もして差し上げられませんでした」

「いいえ、そなたがいたからこそ和左之介は死なずに済んだ。そして、稲村は自分の罪を贖《あがな》える機会を得ることができた。梅どのには心底から礼を伝えたかったと、稲村は文を締めくくっておりました。あれはもう何も語ることができません。ですから、こうして、わたしがまいりました。そなたには、稲村の真の気持ちを伝えねばなりますまい。梅どの、改めて御礼申し上げます」

「燈子さま……」

ふと胸を過《よぎ》る想いがある。

稲村さま、あなたは燈子さまを慕《しと》うておいでになったのではありませんか。ずっとずっと、燈子さまだけを見詰めて生きてこられたのではありませんか。和左之介さまのためではなく、燈子さまのために、燈子さまのお命を守るために、自らを処されたのではありませんか。

「これからは、稲村の菩提《ぼだい》を弔《とむら》いながら生涯を終えたいと思うております。大坂にも、そのように文を返しました。これで、本当に何もかもが終わった気がします」

そうですか。燈子さまは稲村さまの、本当のお気持ちを知っておいでなのですね。気が付いておいでなのですね。

安堵する。安堵して泣きたくなる。でも、泣いているときではない。涙ぐむより、お梅には為すべきことができた。最後に一つだけ、できた。

「梅どの、もう逢うこともありますまい。どうか、お達者で健やかに生きられよ」

「燈子さま、お待ちください」

お梅は腰を浮かせた。懐《ふところ》から紐《ひも》を取り出す。

「わたしに、燈子さまを揉ませてください」

「え？」

「燈子さまのお身体、ゆっくりと揉ませていただきたいのです」

「まあ、それは……わたしへの餞《はなむけ》ですか」

「はい」

燈子が笑んだ。柔らかな笑みの気配を確かに受け取ったのだ。

「何と嬉しいこと。お言葉に甘えます」

「はい」

お梅は夜具を敷き、火鉢にさらに炭を足す。温《ぬく》もった部屋の中で、燈子が夜具に横たわる。

紐で袖を括《くく》り、お梅は静かに頭を下げた。

「では、お揉みいたします」

火鉢の中で炭が熾《お》きる。火花が美しい音を響かせた。

【初出】
「読楽」
二〇二二年十二月号～二〇二四年一月号掲載
単行本化にあたり、加筆修正しました。

あさのあつこ
一九五四年岡山県生まれ。『バッテリー』で野間児童文芸賞、『バッテリーⅡ』で日本児童文学者協会賞、『バッテリーⅠ〜Ⅵ』で小学館児童出版文化賞、『たまゆら』で島清恋愛文学賞を受賞。著書に『花宴』『かわうそ』『ハリネズミは月を見上げる』『アスリーツ』など。シリーズに「おいち不思議がたり」「弥勒」「闇医者おゑん秘録帖」「燦」「えにし屋春秋」「Team・HK」「グリーン・グリーン」などがある。

おもみいたします　凍空《いてぞら》と日《ひ》だまりと

二〇二四年六月三十日　第一刷

著　者　あさのあつこ
発行人　小宮英行
発行所　株式会社徳間書店
〒一四一-八二〇二　東京都品川区上大崎三―一―一
目黒セントラルスクエア
電話（〇三）五四〇三―四三四九（編集）
（〇四九）二九三―五五二一（販売）
振替　〇〇一四〇―〇―四四三九二

組　版　株式会社キャップス
本文印刷　本郷印刷株式会社
カバー印刷　真生印刷株式会社
製　本　ナショナル製本協同組合

ISBN978-4-19-865841-0